ハケンの落とし前！
文具会社の猫と消えた食券

本葉かのこ

富士見Ｌ文庫

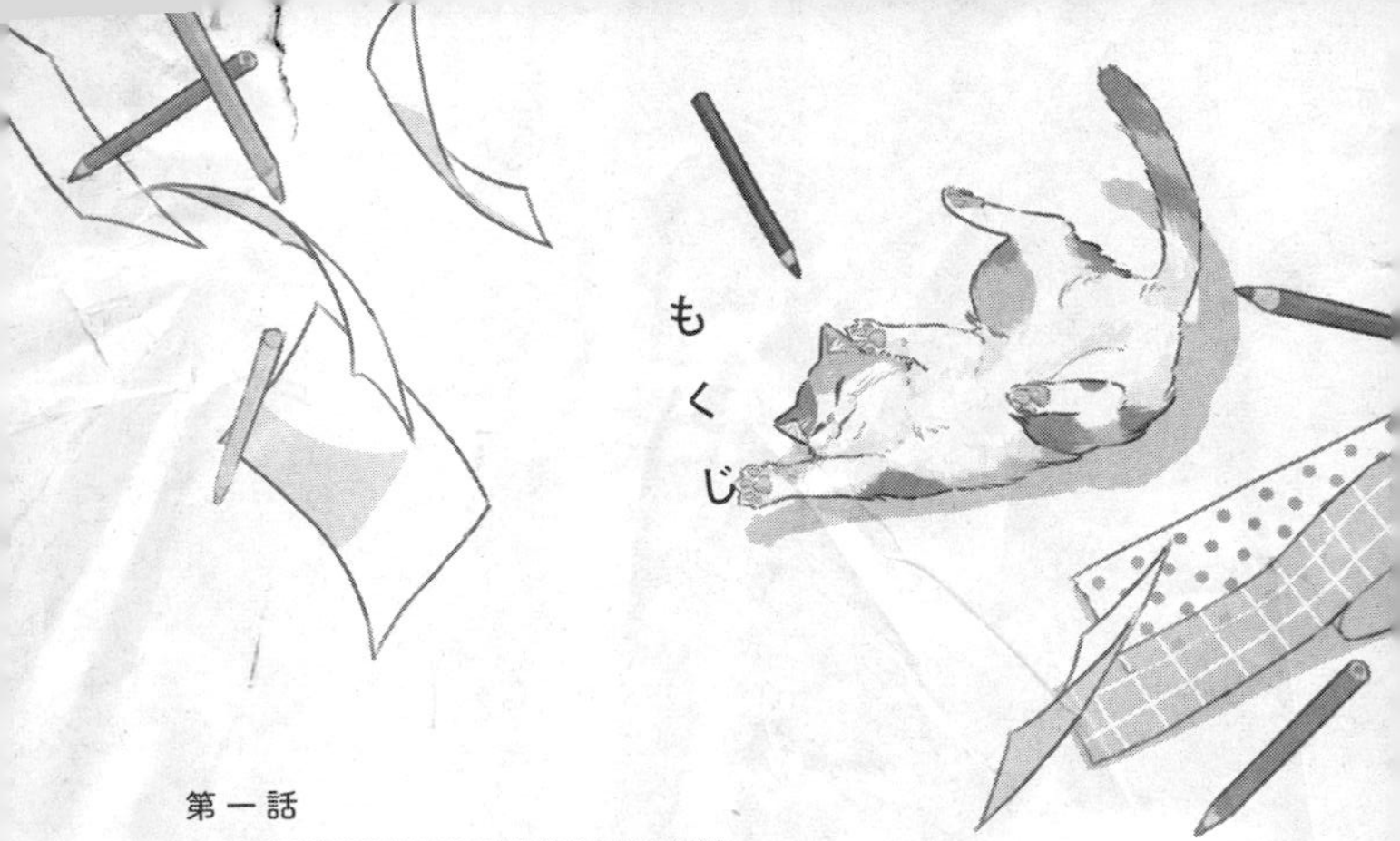

もくじ

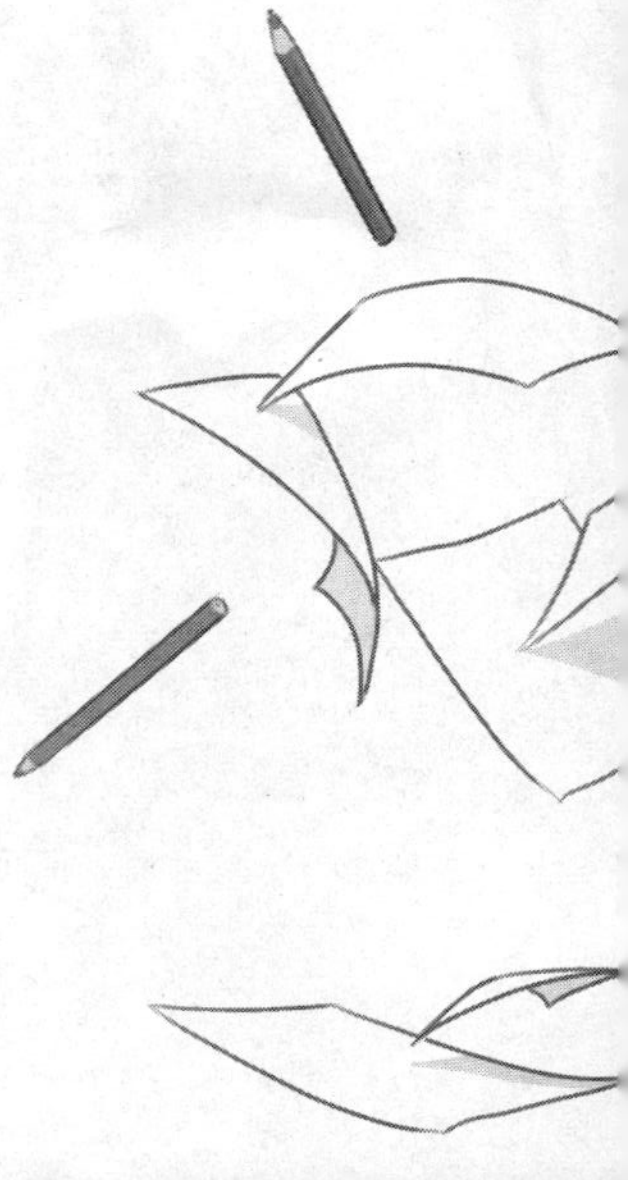

私の人生、もうこのままなのだと諦めていた。
誰かが幸せにしてくれる物語は絵空事だと知っていたし、ある日突然やってくる幸運も、私を避けてゆくだろう、と。

――彼女、宝城(ほうじょう)きわ子(こ)さんに出会うまでは。

彼女は言った。
てめえの人生に落とし前をつけられるのは、てめえだけだ、と。
閉塞した灰色の世界に風穴があく。
こんなどうしようもない世界で、〝派遣〟の彼女は一人、色鮮やかに笑う。

まるで猫のように。
自由で縛られない彼女が、私の世界を変えてゆく。

第一話　捨てる派遣先あれば拾う派遣先あり？

「派遣さーん、シュレッダーがやばぁぁい。限界だよぉ！」

その脳天気な声に、高山花穂はひくりと頬を動かした。

忙しい職場に場違いな響きだが、この課を統べる長の声である。間の悪いことに、花穂は十分後に提出締め切りの書類と格闘しているところだった。

「ねえ、派遣さん！　聞こえてるぅぅ!!」

――私は、派遣さんという名前じゃないですっ。忙しいのでシュレッダーのゴミくらい自分で捨ててください！

花穂はデスクから、すくっと立つ。五十代の大きなお子様課長を振り返り、

「葛宮課長、教えてくださってありがとうございますっ。すぐにやりますね！」

我ながら、呆れるほど愛想のいい声。

満面の笑みを己が顔に貼り付けて、花穂はシュレッダー内の紙屑をゴミ袋につめていく。

言いたいことは腹に押し込め迅速に。あの書類も提出が遅れたら叱られてしまう。

「あああ。そのゴミ袋まだ入るじゃない。次またシュレッダーのゴミを入れるときに困

るから、軽めに口を絞っておいたほうがいいよ？」

「…………っ」

言うだけなのに細かい！

なんてちょっと思ったけれど、言ったらクビが飛ぶ。

うつむきかけた顔をあげて、はい、笑顔！　派遣社員に求められるのは従順性。

「すみません、気づかなくて！　そうしますね」

「もう、ちゃんとやってよね！」

「はい……」

花穂は二度目のダメ出しがこないよう、細かな紙片が飛び散ったシュレッダー周りもココロで綺麗に掃除する。

急いでいることを気取られないスピードでデスクに戻り、エクセルに打ち込んだ数字のチェックに戻る。

経理部の、経費申請時間まであと三分。

月末ではないから明日でも問題のない書類だが、せっかちな課長に提出していないと知られたらまた何を言われるか。

しかし経理部に送る書類なので、急いで作って間違いがあってもいけない。

正確に。正確に。けれど迅速に。

「っ。……間に合ったぁぁ」

送信すると同時に、花穂は小さく呟（つぶや）いてしまった。

慌てて口元を押さえて周りをうかがう。——誰にも気づかれていないようである。

ほうっと息を吐き出して、水筒に手を伸ばした。

ほんわか、あったかいほうじ茶。

緊張ですっかり喉が渇いていた。その水分補給の間も、メールがちゃんと送信されているか、内容に間違いはないかチェックする。先月急いで送信し、間違えていたから念入りに、だ。

うんっ、大丈夫そう！

花穂はようやく安心して、顔をあげた。

すると、三ヶ月前に新しく入ってきた若い女性が、大量の書類を抱えてシュレッダーに突進していく姿が目に飛び込んでくる。

ぴかぴかの、ピンクのジェルネイルがほどこされた指先で、無遠慮にシュレッダーをかけてゆく。

ああ！　ゴミを捨てたばかりなのにっ。あんなにたくさん!?

恨みがましい視線に気づいたか、女性も顔をあげる。視線が、絡んだ。

「…………」

彼女は無邪気な笑顔で、小首を傾げる。

『――あなたがゴミをまとめるの、私、待ってたの。何か言いたいことでも？』

幻聴が聞こえるようだった。

決して彼女は、そんなことを考えてはいないだろう。けれど、なんとなく責められているような気持ちになって、花穂は恐々と目をそらす。

雑務は新人の仕事でしょうが！　――とか言える性格になりたいが、言えない。弱気な自分を嫌悪するが仕方ないとも思っている。

花穂と彼女とでは、暴力的なまでに身分が違うのだから。

この大手クレジット会社の戦略広報室に、花穂が派遣されたのは八ヶ月前だ。彼女よりも花穂のほうが先輩ではある。

しかし、彼女は『正社員』様。

派遣の花穂と給与はまだそこまで変わらないだろうが、住宅手当も出れば、賞与も出る。

ちなみに今年の賞与は、三十万円だと嬉しそうに話しているのを、花穂は小耳に挟んでしまった。その三十万円で、ピンクのブランドバッグを買ったそうな。

ブランドバッグはどうでもいいけど、三十万円はすっごく羨ましい！……まあ、私の使い道なんて親に仕送りして、残りは貯金。諸々の生活費に消えてしまうのだけれど。

二十八歳の『派遣』の花穂と、二十三歳の『新卒正社員』の彼女とでは、お金の価値観がかけ離れていた。

きっと彼女は、花穂のような価値観を知らぬまま、これからさらに給与があがってゆくことだろう。産休、育児休暇、その他諸々の福利厚生を受けながら、会社に大事に大事に守られて、育てられてゆくのだろう。

それに比べて——私はといえば。

花穂の唇から、深い深いため息がこぼれ落ちる。

仕事が増えて回しきれなくなった正社員様のために、会社が依頼して雇った存在だ。仕事が落ち着けば、いつクビを切られてもおかしくない存在。

……そろそろ、契約更新の時期だな。

止まることのない、シュレッダーの音が耳障りだった。ジェルネイルの彼女を見ないようにしながら、花穂は知らず知らず自分の胸を押さえている。

不安な気持ちが、ざわざわと広がっていた。

ああ、もう！　考えても仕方がない！　今日は金曜日なんだから、きっちり定時であがって早く寝る。明日は、一週間分の夕飯とお弁当の仕込みをしなきゃ。

残業代を稼ぎたい気持ちはあるが、そんなことをしようものなら葛宮課長にあからさまに嫌がられる職場である。

——そういった派遣先は珍しくなかった。派遣社員の時給は高いと、直接言われたこともある。

花穂は今日も定時一分前に、勤怠の入力を終わらせる。よし、帰ろうと、パソコンの電源を落としたときだった。

その、嬉しそうな歓声が響いたのは。

「きゃあ、久しぶり！　思ったより元気そうじゃないっ」

「ええぇ、つれてきてくれたの。かっわいい！」

見れば、赤ん坊を抱いた三十代の女性の姿が。

新宿、都心の一等地。

高層ビル13階のフロアには、百人近い社員が二十以上のデスクの山に分かれて仕事をしている。

定時後にやってきた彼女は、一体どこの部署の人間だろうか。

花穂がカバンを持ったまま動けないでいると、隣のデスクの宮本光輝が耳打ちしてきた。

「高山さん。あの人は葉賀京香さん。会ったことないと思うけど、うちの部署の人だよ」

光輝は入社六年目の正社員である。花穂と同い年でデスクが近いため、なにかにつけ花穂を気にかけてくれている。

焦げ茶の髪と、カジュアルな細めのブルーのネクタイが今風で、いつもお洒落に気を遣っている。一流企業の正社員だし、おそらくモテるだろう彼は、軽く伸びをしながら言葉を重ねた。

「葉賀さんは今、育休中なんだけど、もともとすっごい仕事ができる人でさ。葛宮課長も頭があがらないって感じの人。……俺は、ちょっと苦手だけどねー」

「え」

なんとなく聞いていた花穂は、その普通の人にとってはたわいもない情報に、心の臓を捕まれる想いとなった。

「育児休暇を今、取られてるんですか……？」

「そうそう。仕事がすごく好きな人で、本当は四月に復帰予定だったんだよ。でも保育園に入れなかったとかで、育休が延長されたらしい。俺としては、ありがたかった～！」

「……そう、なんですか。保育園待ち。……それは、大変ですね」

心にもない台詞を返しながら、花穂は震える右手を左手で押さえる。光輝は嬉しそうにさらに話し出した。

「いやあ、俺はまた怒られるからもう少し育休しててって感じだよ。ほら、高山さんみたいに、優しい人のほうがいっしょに仕事をしていて癒されるしさ」

「……そうなんですね」

「ところで。週末って空いてる？　代官山に落ち着いたカフェを見つけたんだけど、そういうの興味あったりとか。――高山さん、聞いてる？」

「はい。すごいですね」

「聞いてないな……」

ため息まじりにぼやく声は、花穂の耳をすり抜けていった。花穂は不安な面持ちで、楽しそうに歓談する彼女たちを凝視する。

「ああ、泣き出しちゃった。ごめんねぇ、知らないおばちゃんに抱っこされて、びっくりしたよねぇ」

「この子、私と違ってどうも人見知りみたいなのよ」

「はいはい。君は、お母さんのところへお帰り。——今、何ヶ月だっけ？　顔はあんたに似てるじゃない」

「十ヶ月よ。他の人にも似てるって言われる。旦那に似てほしかったんだけどねぇぇ」

泣き出した赤ん坊をあやす葉賀は、優しい母親の顔だ。仲間たちは微笑ましげに見つめている。

そこへ、葛宮課長が近づいていく。彼女たちに咳払いをした。

「久しぶりだね、葉賀くん。早速で悪いんだけど」

「はい！」

一瞬でキャリアウーマンの顔となった葉賀と葛宮は、部署から出て行く。彼女たちが消えると、普段の職場風景へと戻っていった。

金曜日の仕事終わり。

週末のアフターを楽しもうと、今日は残業をせず早く帰る者が多い。その中で、花穂はいまだ動くことができず、葉賀が出て行ったドアを見つめ続ける。——ぽつりと呟いた。

「育休中の社員さん、どんな用事で来たんだろう……？」

「ああ。たぶん、あの件じゃないかなあ」

答えが返ってきて、ぼんやりしていた花穂はハッとする。隣で、光輝がにここと笑っている。

「今、葉賀さんが担当していた案件が、どんどんまずい方向にいっててさ。葛宮課長が仲裁に入ったんだけど、逆にクライアントを怒らせちゃってもう限界って感じ？　一応、引き継ぎはされてたんだけどね。——それで葉賀さんを、リモートワークで参戦させることになったんだよ」

「リモート、ワーク……」

それはつまり。

嫌な予感に立ちすくんでいると、光輝が心配そうにこちらを見ていることに気づく。花穂は慌てて、キュッと口角をあげて笑顔を作る。明るく言った。

「私、そろそろあがりますね！　残業できないので」

そそくさと帰ろうとすると、戸惑った声がかけられる。

「えーと、高山さん。今週もお疲れさま！　高山さんが嫌な顔をせずにテキパキ仕事してくれて、いつも助かってるんだ。シュレッダーもありがとう。来週もまたよろしくお願いします!!」

その言葉は嬉しかった。けれど、

「お疲れさまです。お先に、失礼いたします……」

振り返ることなく、花穂は歩き出す。

◇◆◇

――そんなの聞いてない！

会社を出ると、花穂は一人になりたくて、近くの公園へと足早に向かった。

新宿中央公園。

広々とした園内は緑豊かで、ここが都心であることを忘れさせてくれる。しかし人気スポットのため、なかなか人がいないところを探すのは難しかった。しばらく歩いて、ようやくちょうどいいベンチを見つける。

花穂は沈み込むように座り込んだ。

空を仰げば、梅雨空の夕焼け。澄んだ朱色が目にしみるほどに綺麗(きれい)で。綺麗すぎて、涙がこぼれそうになる。

「……いいなぁ。幸せそうだったなぁ」

脳裏に蘇(よみがえ)るのは、定時後の穏やかな光景。

赤ちゃんをつれて突然やってきた女性は、全てが満たされていた。

結婚をしていて、子宝にも恵まれて、育休をとっても戻れる職場がある。

女性が憧れる全てを手にしている人。

「なんで、あんな人がいるんだろう。私だって頑張っているんだけどな……」

花穂はひとり、深々とため息を落とす。

きっと光輝は想像もしないだろう。花穂があの幸せな光景を見て、どれだけ不安になったかも。その理由も、だ。

花穂はあの瞬間、全てを察したのだ。

あの有能そうな人が産休をとったから、仕事がうまく回らなくなった。それで派遣社員を呼んだのだ。それでも重要な仕事は葛宮課長の手に余っているようだったから、あの人は復帰を急がされているのだろう。

そしてとうとう、リモートワークという形で仕事に戻られる。

——ああ！　私、次の契約更新で切られるかも！

聞いてない、聞いてない。産休で人手不足になっての人員補充とか、派遣先から聞いて

ない っ!!

花穂は長い期間、同じ職場で働くことを望んでいた。

産休代替で働いて、産休していた正社員の復帰と同時に切られたことが以前あった。だから、もし先に知っていたらこの求人は選ばなかったというのに。

「でも……私が聞いてないってことは、そういうことではないのかな。私、まだお仕事続けられるのかなぁ」

今の職場は納期が厳しく、難しい仕事を振られたりもするけれど気に入っている。はじめは一流企業のスピード感についていけず大変だったが、ようやく最近、自分でも満足できる仕事ができるようになったのだ。

このまま、今の仕事を続けていきたい。けれど、それを決めるのは派遣先だ。

「今日って何日だっけ……」

スマホには、六月二十日と表示されている。

花穂の派遣契約は七月三十一日まで決まっている。八月以降の契約が延長されるかどうかは、六月中に知らせがあるはずだ。

あと十日、か。……大丈夫。きっと大丈夫。

花穂は首を振って、嫌な予感を振り払う。

私は、長期で働ける職場を探していると、はじめから派遣会社にオーダーを出している。

きっと、きっと考えすぎだ。

『今週もお疲れさま！　高山さんが嫌な顔をせずにテキパキ仕事してくれて、いつも助かってるんだ。シュレッダーもありがとう。来週もまたよろしくお願いします!!』

　ふいに、光輝の言葉が思い出された。

　焦げ茶の、少したれた目元が優しい彼には、ときどき仕事を頼まれる。

仕事の頼み方にはその人の人柄がでるように花穂は感じているが、それで判断すると、光輝はずいぶんと優しい。

　わかりやすいように仕事の概要を説明して、無理がない量と期限の仕事を振ってくる。その上、仕事が完了するたび丁寧にお礼を言ってくれるのだ。

　今までも、隣のデスクがやりやすい光輝でよかったと感じていたが、まさか自分が頼んだ仕事ではないシュレッダーのことまで感謝を示してくれるとは！

本当に、いい社員さんだなと思う。もっとこの職場で働きたいなと、花穂は自然と微笑んでいた。

「大丈夫！　私、一生懸命仕事してるから。正社員様のお役にも立ってるからっ」

己に言い聞かせ、ベンチを立つ。

時刻は午後六時。

近所のスーパーは、金曜日に乳製品の値引きをしている。

今週は忙しかった。本当に頑張った。

頑張った自分に帰ったらご褒美を作ろう。特売の牛乳を買って、安かったときに買っておいたミカンの缶詰をあわせて、シャーベットにしよう！

「あ、練乳もあるから、それを足したらさらに美味しそうっ」

お風呂上りのフルーツミルクシャーベットは、きっと一週間の疲れが吹き飛ぶほどに美味しいはずだ。

ご褒美がなければやっていけない。花穂は大きくうなずくと、帰宅ラッシュの新宿駅へと急ぐのだった。

◇◆◇

「お忙しい中お呼び立てして、たいへん申し訳ございません。お時間とっていただきまして、ありがとうございます」

六月三十日。

忙しい月末の、一番忙しい時間帯に、その呼び出しはあった。

派遣の面談である。

花穂が登録している派遣会社の担当、向島豊は三十代後半の男性だ。今日も濃紺のハンカチで、頭髪がうすくなり広がった額を拭いている。三ヶ月前の寒さの残る時季に会ったときも、そうやって汗を拭っていたと記憶している。

「いえいえっ。こちらこそお忙しい中、ご足労いただきましてありがとうございます！」

正直、この時間帯は避けてほしいというのが、花穂の偽らざる本音だ。しかし、向島の年齢に見合わぬ頭の寂しさと、汗を拭う姿を見ていると、本当に忙しいのだなと感じて文句が言えない。

そして、それよりも大事なことがあった。

「どうぞ。おかけください」

花穂が働く高層ビルの2階。

普段立ち入ることのない打ち合わせコーナーには、幸いなことに、花穂と向島以外誰もいなかった。

広々としたスペースには、喫茶店に置いてあるような四人用のテーブルに、革張りのソファーが五組。打ち合わせコーナーの片隅には、飲み物のサーバーが用意されていて、花穂は改めてこの派遣先は経費が潤沢なように感じている。

「高山さん。飲み物は、紅茶で大丈夫ですか？」

「あ、す、すみません。自分でやりますので！」

「いえいえ、僕の分も取りに行くついでですので」

いつも腰の低い向島は、そう言ってさっさと花穂の分の飲み物も用意してくれる。——素早い！

きっと家でもよく働いてるんだろうなと、花穂は彼の左の薬指で輝く指輪をつい見てしまった。

「ありがとうございます！」

花穂はアイスティ。向島はアイスコーヒー。向島が紙コップに口をつけるのを見て、花穂もそれにあわせて喉を潤した。

ああ、おいしい……！

今日は朝から忙しかった。

葛宮課長が仕事を放置していたらしく、突然、急ぎの書類作成を大量に頼まれたのだ。

『それ今日中ね。高山さんなら大丈夫でしょ。よろしくね～！』

問答無用で投げつけられた仕事のせいで、お昼休みも仕事をする羽目になった。仕事に集中して水分もとり損ねていたらしく、花穂は一気に紅茶を飲み干してしまう。

と、向島の視線に気づき、恥ずかしくなった。

「すみません、喉が渇いていたみたいで」

「今日もお忙しかったんですね。すみません、そんな中お呼び……」

「いえ！　大丈夫です。仕事は一段落ついたところですのでっ」

嘘である。まだ仕事は終わっていない。見かねた光輝が少し引き受けてくれたが、定時で終われるかはギリギリだ。今日も残業はできない。

「それより、お話をうかがっても？」

だからこそ、ぺこぺこ低姿勢の向島につきあってもいられない。花穂が先をうながすと、向島は居住まいを正した。

「そうですね。お忙しいでしょうから、早速本題に入りましょうか。えー、まずは高山さんの派遣先様の評価になりますが……」

早速と言いながらも、向島の話は長かった。花穂は辛抱強く待つ。

「いっしょに働かれている方からの評判もよく、葛宮課長も契約を更新したいという考えだとおっしゃっていました」

よかった！　契約更新!!

「そのようにご評価いただけて嬉しいです。頑張ったかいがありました」

ようやく知りたかったことを聞けて、花穂の頬が緩む。しかしそこにいたって、向島はすみませんと頭をさげるのだった。

「――ですが、契約の更新はできないと言われております」

「え？」

言っている意味がわからず、花穂は眉を寄せる。

「あの、葛宮課長は契約更新を考えていらっしゃるのですよね？」

「そのように仰っているのですが……その、企業様のご事情に深く立ち入ることができなかったのですが、高山さんのお人柄や評価になんら問題はないそうです。できればこのまま働いてほしいと、葛宮課長も確かに仰っているのですが……どうも人員整理かなにか、通達が下りたようで」

「それは、つまり……」

「力不足で、誠に申し訳ありませんっ。高山さんのこちらの派遣先様での契約は、来月いっぱいで終了と、なりました……その、今後のことは……」

向島は汗を拭きながら、言いにくそうに花穂の今後の状況を説明した。

その弁解するような声は、次第に、花穂には聞こえなくなっていった。

……クビ、だった。

ぐるぐると、思考が回り出す。

ああ、一体なにが悪かったんだろう……！　やっぱり、育休中の人が戻ってくるから？

それともこの間パワーポイントの資料を作るのが遅れたから!?

ぐるぐると、思考が回る。

ぐるぐると。ぐるぐると。

花穂はすぐには状況を受け入れられなかった。しかし、定時が迫っていることを思い出す。

そっと腕時計を確認すると、午後四時！　花穂は慌てて向島の話を遮った。

「わ、わかりました！　ご尽力いただきましてありがとうございます。私、契約が切られるの慣れているので気にしないでくださいっ」

いつまでも終わらぬ話にけりをつける。

決定は覆らない。ここであぁだこうだ話していても、自分にはなんの得にもならないのだ。

花穂は暗い空気を吹き飛ばすように、にこやかに笑ってみせる。

「すみません、まだ仕事が残っているので失礼してもよろしいでしょうか？」

「あ、はい！　すみません、本当に……」

「いえ。次の仕事を探したいので、どうぞ引き続きご尽力の程よろしくお願いいたします」

……ああ、私は今、ちゃんと笑えているのだろうか。

きりきりと痛み出した胃を押さえ、花穂はその場を後にする。

定時まであと一時間だ。それまでに仕事をきっちり終わらせなければ。

無理やり頭を切り替えて、急いで自分のデスクに座る。隣の光輝が、ひょっこりと、こちらに顔を出してきた。

「高山さん、派遣の面談、終わった？　なんだって？」

「…………っ」

なにも知らない光輝の問いかけがつらかった。しかし花穂は苦笑を返して首を振る。

「大したことではないですよ～！　仕事で悩みなどないか、とかそういう定期的な面談です。それより！　あともう少しで課長のミッション終わるので、定時までに片づけちゃいますね！　手伝ってくださって、ありがとうございます」

いつもの顔。いつもの顔。

花穂はこの派遣先の契約が終わるその日まで、いつもの顔で仕事をしようと決めた。

聞きたいことも、不満も大量に抱えているけれど。

次の仕事を探しながら、ここで残されている自分の仕事を精一杯やっていこうと決める。

――それが派遣社員としての、高山花穂のプライドだった。

◇◆◇

「そちらの求人は、現在七名の方にお申し込みいただいております。そのうち、二名が書類選考を通過し、面接の予定となっております」

二ヶ月後。ハローワーク職員に淡々と告げられ、花穂は表情をこわばらせた。

この求人も厳しい……！

花穂がハローワークのパソコンで検索してきた求人は、一日八時間、週五勤務で、残業が一ヶ月二十時間以内という不動産業の営業事務だった。

不動産業界は厳しいイメージがあったが、営業とは違い事務職なので、自分でもできるだろうと判断して選んだ求人である。

――ちなみに月給は十七万円。

前職の派遣の月給より少ないそれが、花穂にとってのぎりぎりのラインだった。

この求人の雇用形態は正社員なので、うまく勤め続ければお給料があがる。それまで東京で一人暮らしをしながら持ちこたえられる額が、十七万円なのだ。

そのぎりぎりラインの求人は、公開されたのがほんの五日前だった。

それなのに、すでに多くの人がエントリーをしていた。あまつさえ、書類選考を通過している人が二人もいるなんて！

「どうしますか？　エントリーされますか？」

「は、はい、お願いします！」

しかし怯んでいたら、いつまでたっても仕事は決まらない。

もう何度目になるかわからぬ手続きをしながら、花穂はため息をついた。

……何回経験しても、就職活動はつらいな……。

花穂が転職するのは、これで八回目だった。

転職しない人は一生しないことを考えると、この回数は多いのだろう。花穂はずっと一か所で働くことができない自分にはなにか重大な欠陥があるか、タチの悪い呪いでもかかっているのではないかと悩んでいる。

『え、高山さん、派遣契約延長しないのっ⁉』

ふいに、光輝の驚いた顔が脳裏をよぎった。

彼は花穂が契約を切られたなんて、一欠片も考えていないようだった。会社から切られたのではなく、花穂が契約を切ったのだと思い込んでいた。

それが花穂には救いで——だからこそ本当のことは言えなかった。

気を遣わせてしまうなとか、切られて恥ずかしいなとか、いろいろな気持ちがないまぜになって適当にお茶を濁してしまった。

けれど、派遣先への不満は顔に出ていたのかもしれない。

優しい正社員の光輝は、今まで仕事を頑張ってくれたお礼がしたいと、お茶に誘ってきたのだ。

正社員の退職ならともかく、派遣の、それも一年に満たない契約期間の花穂に対して送別会が行われるはずもない。それを考慮して、声をかけてくれたのだろう。

そのありがたい申し出が、しかし花穂にはつらかった。

『すみません、しばらくは忙しくなるので』

断らざるを得なかったのは、絶望的な差が理由だった。

一流企業の正社員で性格もいい光輝と、何も持たないニートの自分。

遊んでいないで次の仕事を早く探さないと、という気持ちもあるが、結局はその劣等感が花穂を卑屈にさせた。

『落ち着いたら連絡しますね！　そのときは是非、ご一緒させてください!!』

後ろ髪を引かれながら職場を後にして一ヶ月。

その間、何度か光輝とLINEのやりとりをしたが、仕事という繋がりが切れ、話すことがなくなった今はすっかり連絡も途絶えている。

寂しいと思うが、派遣契約が切れた後はいつもそんなふうにして人との繋がりは消滅していった。

――やっぱり、派遣はダメだな。会社にとってツールだから。

その一方で正社員というのは、会社にとっての子供である。

先輩たちはお金と時間をかけて会社の伝統を伝え、教育をし、長期的に会社の柱となる人材を育てていく。会社の子供である正社員は、残業や異動の命令を受け入れざるを得ないが、同時に守られもする。子供たちは性格の違いはあれ、争うこともあれど、仲間意識をもっている。

派遣で様々な職場を転々とした花穂は、その光景を見て羨ましく思うことがあった。その輪の中に自分も入ることができれば、と。

特に今回は、光輝がいい人だったからこそ、その想いは強かった。

だから不安定な雇用である派遣社員ではなく、正社員の職を摑もうとしている。しかしだ。

ああ、でも、やっぱり厳しい……！

状況の厳しさに頭痛を覚えながら、花穂はハローワークの相談窓口から離れる。

対応してくれた窓口職員の、労わるようなまなざしが心に残る。花穂よりも少し年上、三十代の女性だった。少し疲れた顔をしているように感じた。

……あの人は、どういう雇用形態で働いている人なんだろう？

ハローワークは公的な機関である。当然、働いている人もみな公務員で、正社員だと思っていたが、非正規雇用の職員もいるらしい。

選挙のたびに、『非正規雇用を減らし、正規雇用を増やしていきます！』と街頭で演説を聞くけれど、非正規雇用者が減少しているようには感じない。

最近の統計では、日本で働いている人の四割近くが非正規雇用である。

一体どうしてそうなったのか。

理由なんて花穂にはわからない。わかるのはそんな状況だから、正規雇用の仕事は月給十七万円でも取り合いということだ。

今回は二十万円を超える求人も確認したが、さらにエントリーをしている人が多かった。

当たり前ではあるが、条件の良い求人にはそれだけ人が集まる。

そして、条件の良い会社の正社員として選ばれる自信を、花穂は持てないでいた。

花穂はどんどん暗い思考に落ちていく自分に気づき、必要な手続きも終わっているのだから、さっさと帰ろうと思った。

が、煮え切らない弱い心が、出口付近のボードの前で足を止めさせる。

緑のボードには、新着の求人や、おすすめの求人が貼られていた。もしかしたら、ここにならば自分にぴったりの求人があるかもしれない！

そんなふうにまた期待を膨らませて、求人を丁寧に読んでいく。——一つの求人に目が吸い寄せられ、思わず呻いた。

「これは……」

職種………看護助手
就業時間…9時〜17時（日勤のみ）※場合によって残業が発生しますが、月10時間以内。
賃金………月給15万〜16万
加入保険…雇用保険、労災保険、健康保険、厚生年金の各種保険完備。
必要資格…不要。未経験の方も歓迎。

勤務先は花穂も知っている病院だった。駅から徒歩十分程度のところで、一度行ったことがあるが混んでいた。

看護助手というのがどんなことをするのか、具体的な記載はない。免許不要と明記されているので、看護師さんのお手伝いか何かとは思われた。

そして、この求人は花穂憧れの正社員職。

エントリーしている人も少ないように思われたが、体力勝負と責任の重さが予想される仕事に対し、賃金があまりに、あまりに安いように感じられた。

「っ……これは無理！」

花穂は逃げるようにハローワークを後にする。

仕事をえり好みする余裕が自分にあるのか、という問いかけが、後ろから追いかけてくるようだった。

◇◆◇

ハローワークから二十分ほど歩き、スーパーに寄った。

九月に入ったが残暑は厳しく、夏真っ盛りの太陽は元気いっぱいだ。花穂は冷房のきいた空間へと急ぐ。

スーパーの中をまずは一周。今日の特売品を把握すると、冷蔵庫の中身を思い出す。瞬時に、メニューが頭の中で組み立てられる。

鶏胸肉がお買い得だった。冷蔵庫には、トマトが半分残っている。

——今日はバンバンジーにしよう！

バンバンジーは『棒棒鶏』と書く。

なぜそう書くかは諸説あるそうだが、一説には調理の途中で、煮た鶏肉を柔らかくするために、棒でバンバンと叩くからと言われている。

その工程がストレス発散になるので、花穂はバンバンジーを気に入っていた。

「お味噌汁はキャベツとミョウガにして〜。あ、キュウリがない。キュウリキュウリ」

昨日、ぬか床にいれてしまったキュウリは、バンバンジーには必須である。

花穂はぶつぶつ呟きながら野菜売り場に戻る。

しかし袋に書かれた、三本２００円の表示に手が泳ぐ。

「夏野菜なのに、可愛くないお値段！」

目を閉じて十秒考えたが、却下。仕事が決まるまでは節約である。

キュウリのかわりに、安いキャベツで代用しようと思う。しかしそうなるとお味噌汁の具がかぶってしまう。

と思ったら、実に大きなナスが懐に優しいお値段で山盛りとなっていた。つやつやとしていて美味しそうだ。

「今日のお味噌汁は、ナスとミョウガに変更、と」

周りに人がいないことをいいことに、花穂の独り言は止まらない。

仕事を辞めて人と話す機会がないせいか、どうにも一人で喋ってしまうのだ。まずい傾向だと思っている。

「早く、次の仕事を決めたいなぁ……」

金銭的には普段からの節約と失業給付があるので、今日明日に困窮するということはない。

しかし花穂は、失業給付をもらっていることに引け目を感じていた。

失業給付というのは、会社が従業員を雇用保険に加入させ、加入期間などの一定の条件を満たし、なおかつ退職後に手続きをするともらえる公的な保険金だ。

退職理由が、自ら辞めた場合と会社が辞めさせた場合で支給状況など変わってくるが、花穂の場合、派遣先から契約を切られた——いわゆる派遣切りのため、一年も働いていないのに保険金が出る。

突然、仕事がなくなりましたが次の仕事を焦らずしっかり探してください、ということなのだろう。

花穂としてもそうしたいのはやまやまなのだが、どうにもそれができず、昨日はつい派遣の面談を受けてしまった。

『こちらの派遣先様はとても評判が良く、一部上場企業となります。高山様にぴったりの職場かと思いますので、ぜひ、エントリーしませんか？』

熱意のこもった派遣コーディネーターの電話を断れなかったというのもある。

が、最たる理由は働かずお金をもらっている恥ずかしさと、時間をかけて正社員の職を探しても決まるのかもわからない不安からだった。

保険金の給付期間が終わっても仕事が決まらなかった場合、メンタル的に追い込まれることを花穂は知っていたのだ。

「本当に弱いなぁ、自分……」

もう切られるのはこりごりなのに。

こりごりなのに、また派遣にエントリーしてしまった。こんな生活を続けていって、将来はどうなるのだろう。子供の頃は遠く感じた将来が、今は、あっという間にくるような気がしている。

花穂は自嘲じみた、かわいた笑いをこぼす。するとふいに泣きそうになって、ぐっと息を止めた。

「今夜はバンバンジーだ！」

無理やり声をあげて己を奮い立たせ、空いているレジへと向かう。

午後三時。

まだ三時だ。仕事をしていないと、時間の流れが遅く感じる。

「レジ袋はどうされますか？」

レジ打ちの従業員は、ぼんやりとした顔の女子大生だった。まだ世の中の荒波を知らない子供だ。それでも働き始めた子供である。

……あの頃に戻れたら、な。

花穂は新卒で正社員として入社した頃のことを思い出す。

あれは、運も悪かった。

何の問題もないように思えた会社は、花穂が入社して二年で傾いたのだ。それで本社の人間がやってきて、厳しい指導を受け、いろいろあって会社を辞めた。

自分は若いのだから、新しい仕事はすぐに決まるだろうと過信して辞めてしまった。それで戻れなくなった。

「レジ袋、大丈夫です」

私と同じような道を選ばないでね、と思いながら片手を振る。

本当に、あの頃に戻れればな……

今思えば、厳しい指導は人員削減を目的とした、パワハラ、モラハラというものだったように感じている。花穂にとっては今でもトラウマで、最近は気持ちが不安定なせいで、当時のことを夢に見てはうなされるほどだ。

それでも――

あのとき『会社の犬』になってでも正社員にしがみついていたら、こんな人生ではなかったのにな、と思っていた。

◇◆◇

駅から徒歩二十分のところに、花穂のアパートはある。

県境にあるその区域は、昔はいわゆる赤線――風俗街だったらしい。当時の面影は今は感じないものの、花穂のアパートの周辺は街灯が少なく、夜は危険な雰囲気があった。

数年前に暴力事件があったとかなんとか。

そんな噂(うわさ)も耳にするが、とりあえず家賃は安い。

最寄り駅から都心まで三十分というアクセスの良さで、1LDK、風呂トイレつきで四万三千円。管理費こみである。

――なにより、気に入っているのが台所だ。

大きいシンクに、火力も申し分ない二口コンロ。調理スペースも広い。

花穂の唯一の趣味は、やむにやまれず身に付いた節約料理である。そんな花穂にはぴったりの城だった。

「ただいま〜」

花穂は靴箱の上のプランターに、声をかける。

嘘(うそ)か本当か、植物は話しかけるとよく育つという。そのかいあってか、家庭菜園のミョウガは元気に大きく育っていて、頬が緩んだ。

「さて、ちゃっちゃとやろう」

手を洗い、買ってきた食材を冷蔵庫にしまうと、その流れのまま晩ご飯用の米を洗う。

小さな米を砕かないように優しく、けれど、手早く研ぐ。

エアコンを稼働させたが、部屋はまだ暑かったので、水の冷たさが心地よかった。米を洗うときの、「しゃかしゃか」という音もいい。

人に笑われるかもしれないが、毎日のこういう静かな時間が花穂の癒しとなっている。

「でも、キュウリほしかったなぁ……」

夏野菜なのに高いとはこれ如何に。

「答えは、温暖化による気候変動。年々、夏の暑さが厳しくなってるような?」

花穂がそれを憂えたところでどうしようもないが、エアコンの電気代が痛いところだ。

しかしきちんと体を休ませないと、病気になってしまう。

一人暮らしで病気になったら詰む。

はあああ、と深いため息を一つ。それでも手を動かして、お米を炊飯器にセットしたときだった。

ピンポーン。

チャイムの音に花穂は顔をあげる。

「は、はーい!」

誰だろう。

ドアの覗き穴から相手を確認すると、見知った白猫郵便のおじさんだった。手に持った段ボールを一目見て、花穂は期待で胸を膨らませる。

「ご苦労様です!」

迷うことなく判をつき、ずっしりと重たい荷物を受け取る。玄関口で段ボールをチェックした。

送り主は、やはり千葉の実家である。

中身は――

大量の曲がったキュウリに、ナス、トマト、タマネギ、ジャガイモｅｔｃｅｔｃ……！

「きゃあ！　お、お米まであるっ。産地直送コシヒカリ。嬉しすぎるぅぅぅ」

思わず歓喜の悲鳴をあげてしまう。胸が喜びで満ち溢れていた。

花穂の実家は農家である。

といっても両親は教師で、教師業のかたわら祖父母の農作業を手伝っている兼業農家というのが正しい。花穂には今年二十五歳の妹、日菜子がいて、彼女は地元の農協で働きながら繁忙期だけ農作業の手伝いをしている。

家族の中で、東京で働いているのは花穂だけだ。子供だった頃、ブラウン管の向こう側の都会がキラキラしてみえて、両親に頼み込んで東京の大学に進学させてもらったのである。

家にお金の余裕はなかったから、一生懸命勉強して大学から奨学金をもらい、バイトをしてなるべく実家に負担がいかないようにしていた。実際に目にした都会は、やっぱりキラキラしていたから、その中で暮らせるのならば大した苦労ではなかった。

ただ最近は——あのときの選択は正しかったのかと考えることがある。

花穂がまた小さなため息をついていると、野菜に埋もれた紙片が目にとまる。父からの手紙だった。

『楽しく、自由にやれ。健康には気をつけろ』

文面はいつもいっしょだ。

父は大事なことを、飾らず端的に言う。でも端的すぎてわからない。

「楽しくとか、自由とかってなんだろうな……」

ぼんやり呟き思考するが、今日も答えはでなかった。

花穂は実家にお礼の電話をしようと立ち上がる。そのときまたチャイムが鳴った。——さっきの白猫郵便のおじさんだろうか。

「はーい！」

花穂はそのままドアを開ける。

その、笑顔の男と目があった瞬間、花穂の表情は凍り付いた。

「久しぶり〜！　元気!?　……あれ〜？　顔が渋いなあ。お前、まーた、クビ切られたのかよ？　何度目？」

彼の武骨な手には、有名デパートの紙袋が揺れている。

半年ぶりに会う元彼の訪れに、花穂はしばらく言葉を失うのだった。

◇◆◇

上司様から投げられた仕事は、どんなものでもつべこべ言わず！

はい、喜んで〜〜！

笑顔でいただき、一生懸命やる！

それが社会人。

実際やってみて、書類不備があったりしてできなくても不満は口にしない。

上司様がくださった仕事は完璧です。できないのは、僕の能力が足りないからです。

いやいや、そんなことはない。この部分はたしかに君の勉強不足だけど、この書類不備は僕のせいだから。

悪かったね。頑張ってくれてありがとう。また仕事を頼むよ。

はい！　これが可愛(かわい)がられる部下というもの〜〜〜！

花穂がなることができない、優秀な正社員という姿を体現しているのが、この有吉貴也(ありよしたかや)という男である。

「ほんと、一目みて、アホかと思ったよ。完全に書類不備で、あいつらが言うデータなんて集計できるわけないじゃん！　って言葉がノドまででかかったけど、言ったら、ダメじゃん？　俺のほうが仕事できるの、アホな上司にバレるじゃん⁉」

「うん……うん、そうだね〜」

「だから、上司の仕事をするフリして、デイトレードしてた。神が降りてきて、二時間で五十万。ボロイ。で？　時間つぶした後で、死にそうな顔してみせてさ。上司にさぁぁ、すみません、この集計で大丈夫でしょうかぁ？　ってやって——」

　この頭の回転の早さ。人を楽しませる話術。要領の良さ。

　これらの能力が、貴也の十分の一でも自分にあればと思わずにはいられない。

「うん。ほんと、すごいねぇ」

　そう言って、花穂はお味噌汁(みそしる)をよそう。二人分。

　今日のお味噌汁の具は、当初の予定通り、キャベツと家庭菜園のミョウガである。

　しかしバンバンジーは、すき焼きに化けてしまった。鶏肉(とりにく)をバンバン叩(たた)いて、美味(おい)しくしてあげたかったのだけれど。

　貴也は手土産に、花穂が足を踏み入れぬ小田急(おだきゅう)百貨店のデパ地下で、すき焼きの材料を一式買ってきたのである。

　すき焼き肉は、１００グラム一三〇〇円。

値札を見た瞬間、くらりと眩暈がした。東京の最低賃金より高い肉って、どういう肉だろうと恐ろしくなったほどだ。

花穂からするとありえないが、貴也にとっては大したことではないのだろう。それこそ仕事をサボってデイトレード云々で得た額と比べれば。

まあ、それ関係なく、大したことじゃないんだろうな。

缶ビール片手に鍋奉行をしている貴也は、ブランド物のスーツにネクタイ。優秀な営業マンらしく、爪まで綺麗に整えている。

もともと切れ長の目元が涼し気で、整った顔立ちをしているのに、貴也はさらにお金も時間もかけて自分を磨いている。いわば勝ち組というやつだ。

そんな彼が、リサイクルショップで買ったちゃぶ台の前に座っているのを見ると、花穂は不思議な気持ちになるのである。

「花穂、ぼんやりしてないで早く座れよ。肉が煮える」

「う、うん……」

つきあっていたのはもう二年も前の話で、その期間は半年に満たなかった。

貴也の勤めている会社に派遣されたことで知り合って、契約が切れたことでつきあいはなくなった。いっとき結婚も考えたくらいなのだが、縁とはあっけなく切れるものである。

……切れているはずである。

彼はなぜか、気が向くと一定期間、顔を見せにくる。営業で近くに寄ったとか、北海道土産にカニをもらったとか、そんな理由で。

そして、ある日を境にぷつりと来なくなるのだが、貴也の訪れがある期間は、花穂はざわざわとした気分になる。

「お前、ちゃんと食ってたか？　痩せてね？」

「ちゃんと食べてるよー」

どんなときでも三食しっかり食べる。子供の頃から、母にそう言いつけられていた。

ただ、仕事をしていないストレスと運動不足で、食が細くなっているのは否めない。夏バテもあるのだろう。

正直どんなに高級なお肉であっても、すき焼きより、あっさりヘルシーなバンバンジーが食べたいところなのだが、貴也はそんなことを知る由もなく花穂の器に肉を入れた。

「遠慮せずに、食え」

「……うん、ありがとう」

卵をからめた牛肉は、驚くほどに柔らかく、ジューシーだった。

ただやはり胃は弱っているようで、重い。明日からジョギングでもはじめようか。動くとお腹（なか）がすくので嫌なのだが、健康を害したら死ぬ。

そんな、とりとめのないことをつらつら考えていると、問いが投げられた。

「で、今回はなんで契約切られたわけ？」

相変わらず、痛いところを突いてくる。

「……うーん。なんでだろうね～。どうも、私は産休の人の代わりだったみたいだから、エリートOLが職場復帰して仕事がなくなったのかなぁ」

「ああよくあるやつ。だから派遣なんて不安定な仕事やめとけって言っただろ。非正規雇用でもまだ契約社員やパートのほうが安定するだろうに」

「でも派遣のほうが稼げるから」

「派遣って、交通費も出ないいんじゃなかったっけ？」

「前は出なかったけど、今は出るよ。それに派遣だと大手企業で働けるし、すっごく運がよければ、そのまま正社員になれることもあるって聞くし～」

「それだけ切られてて、よくそんな能天気でいられるな。そもそも花穂は仕事ができないんだから、正社員なんて無理だろ」

少し苛立ったような、断定的な口調。

花穂は胸がざわつきだして、きゅっと唇を結ぶ。首を振った。

「そりゃあさ！　エリートOLってまではいかないけど、私、前の派遣先ではけっこう頼りにされてたんだよ？　貴也が思ってる以上にちゃんとやってたんだ」

「へぇ。そうなんだ」

抵抗してみたが、まったく心のこもっていない響きだった。

彼の興味は、花穂から春菊のかたさへと移っている。

花穂は焦った。

正直、言うか言うまいか迷っていたが、口を開く。それを見つけてから、誰かに愚痴りたい気持ちもあった。

「最近ね。私が派遣されていた会社の求人が出ていたよ。私が所属していた部署ではないんだけどさ。私、忙しそうだったから隣の部署の手伝いも頼まれてよくやっていて。――そこの部署が派遣をオファーしたみたい」

「ん、それってお前がそのまま残って、その部署を手伝い続ければ良かったっていう話じゃね？」

本当にその通りだ。けれど、

「そうできたら良かったんだけどね。そう、うまくはいかないよね。私のいた部署は、エリートOLの復帰で、人員とか予算の関係で私は切られた。私がいなくなったことで、隣の部署は人手不足になって、派遣のオーダーをした。そんな流れだったんだと思う」

派遣社員は、仕事が溢れたときに呼ばれる臨時要員だ。仕事が溢れなければ、オーダーはされない。さらに加えて、仕事が落ちつくだろうと判断されれば切られる。

だから派遣は仲間を持たない孤独な放浪者だと、花穂は思っている。

貴也はつまらなそうな顔で、お椀を見下ろした。

「お前はあれだな。この味噌汁みたいなもんだ」

キャベツとミョウガを、箸でつまむ。

「地味。うまいけど、すっげぇ、みみっちい。もっとさぁ、このすき焼きみたいに、インスタ映えするような料理覚えたほうがいいよ。こう自分を強くアピールすることに欠けるっていうか。ほんと、つまんねぇ」

「う、うん……」

「それと、そもそもお前の話は憶測だ。単純に、仕事ができないから切られたんだろ」

ばっさりと言われて、花穂の胸のざわつきは痛みへと変わる。その痛みをこらえ、花穂は誤魔化すように笑った。

「うん、本当そうだね。次はもっと頑張んなきゃだよね」

「いやー、頑張ってもたかがしれてるだろ。それより、面白い話でも聞かせろよ。なんだっけ？　お前が切られた理由で一番、面白かったやつ？」

「……えーと、なんだっけ。ああ、そっか。上司が派遣会社をお気に入りの一社に絞りたかったから、一人だけ違う派遣会社から派遣されていた私が切られた、ってそんなやつだっけ？」

「ああ、それそれ。お前、運も悪いよなぁ」

「…………」

貴也はカラカラと笑っている。

花穂はお肉を見下ろす。もう食べる気になれなかった。

「なに？　食わねーの!?　せっかく高い肉だっていうのに」

せっかく俺が買ってきたのに。

不満そうに首をひねる貴也に、花穂はごめんねーとだけ返す。

「夏バテみたい。私のことは気にしないでいいから、一人で食べて」

「言われなくとも食べるよ。もったいない！」

ビールをグビグビ呑(の)んで、楽しそうに笑う姿を視界に入れたくなくて、花穂はキャベツとミョウガのお味噌汁をゆっくりすする。

……久しぶりに人と話したからか、疲れていた。

早く帰ってくれないかなと思っていると、花穂のスマホが鳴る。うるさそうに眼(め)をすがめる貴也に、花穂は慌ててスマホを掴(つか)んだ。

「ご、ごめん！　ちょっと外すね～」

パタパタと席を立ち、台所のところでスマホ画面を見下ろす。どきりとする。

「はい、もしもし」

『いつもお世話になっております！　トータルスタッフィングの矢口(やぐち)でございます～っ。

『高山様のお電話でよろしかったでしょうか!!』

若い女性の甲高い声に、花穂はスマホを耳から少し離した。

「――はい、いつもたいへんお世話になっております。高山です」

電話の相手は、正社員になろうとハローワークに通っていた花穂に求人をすすめ、押し切った派遣会社の営業さんだった。

『先日は『にじ色鉛筆』様のご面談、誠にありがとうございます！』

「いえいえ、こちらこそ面談のさいにサポートしていただいてありがとうございます」

一般的に、会社に就職するときは企業と面接をする。けれど派遣社員は『面談』という企業との顔合わせをすることになっている。

面接と面談の違いは、その場に派遣会社の担当営業が同席し、派遣社員を紹介してくれることだと思っている。花穂は何度やっても面談に慣れないので、担当営業がうまくサポートしてくれると心強く感じる。

「それで、どうなりましたか……？」

自分には不釣り合いなほどに条件の良い派遣先だった。

きっとたくさんの申し込みが集まったはずである。やはり落ちたのだろうと思いながら尋ねると、明るい声が返ってきた。

『はい！　お待たせしておりましたが、先ほど先方からご連絡がありましてですね！　高山様にぜひ、働いてほしいとのことでした。つきましては――』

……派遣先が、決まった。

仕事が決まった！　この生活から解放されるっ!!

「よ、よかったですっ。ご連絡ありがとうございます！」

花穂は笑みを噛みしめながら、軽くガッツポーズをする。

『いえ！　こちらこそお待たせしてしまい申し訳ございませんでした。どうぞよろしくお願いいたします!!』

「こちらこそ、何卒よろしくお願いいたします！」

新しい派遣先の初日の出勤日は、週明けの月曜日になった。

今日は金曜日なので三日後だ。初日は今電話をしてくれている営業さんが、いっしょに派遣先についてきてくれるらしい。

花穂が彼女との待ち合わせ時間をメモしていると、いつの間にか、貴也がすぐそばに移動していた。その手には開いていない缶ビールがある。

「就職先、決まったみたいじゃん。おめでと。派遣？」

「ありがとう！　うん、また派遣だけどね～。長く働けるように頑張ってくるよ!!」

貴也からビールを受け取り、プルトップを開ける。

一気に呑んで、爽快感に笑う。

「美味しい！」

その後は酒盛りとなった。

自分は単純だ。仕事が決まったら、すき焼きは美味しく食べられるし、貴也といるときの胸のざわざわも消えている。

「人生いろいろあるさ。お前はお前なりに頑張ってくれれば」

貴也は楽しそうに笑っていて、花穂は久しぶりにくつろいだ時間を過ごした。

そのまま呑んで呑んで、どうでもいいことを話して——途中から花穂の記憶はぷつりとなくなる。

「……ん、まぶし」

花穂は窓から差し込む朝の光で目覚めた。

そんなに弱いほうではないのだが、久しぶりに呑んだからか、布団も敷かずに潰れてしまったらしい。

テーブルの上の、すき焼き鍋は片付けられていた。時計の針は七時を指している。

「貴也？」

しかし彼の姿はすでになく、花穂は妙に寂しい気持ちとなるのだった。

◇◆◇

朝の満員電車から解放されると、花穂は深く、深く息を吐き出した。

緊張してきた……！

日本橋駅。

自宅最寄り駅からは、電車で片道一時間。

東京メトロ銀座線、東西線、都営地下鉄浅草線の三路線が乗り入れる下町は、近代的な建物が立ち並ぶと同時に、そこかしこに歴史の面影が色濃く残っている。

個人的には、親しみを覚える街だ。

しかし出社初日の花穂に、それを楽しむ余裕はなかった。

何度も転職をしているけれど、初日はいつも緊張するのである。一応、お弁当をもってきたものの、また喉を通らないかもしれない。初日はいつもそうだった。

どうか、よい職場でありますように！

不安な花穂を支えるように、今日の星占いは魚座が1位だった。花穂は魚座なのである。

『絶好調の一日。キラキラ輝くあなたに、みんなから憧れの視線がそそがれるかも！

でも、傲慢にならないで？　調子に乗ると、後々痛い目に。

謙虚に過ごせば、人生を変えてくれるような〝素敵な人〟との出会いが期待できるかも！』


花穂は苦笑してしまう。

別に、私は素敵な人との出会いなんて期待していないですよ？　そもそも私はキラキラというより、ぼろぼろなんです。

派遣だし、契約を切られてばかりだし。憧れの視線をそそがれた記憶もないんですが？

ただの星占いなのだが、あまりに自分とかけ離れた内容に心の中で反論してしまう。しかし一つだけ共感できる部分はあった。それは、

『傲慢はダメ！』


そこに関しては、激しく同意だ。派遣は謙虚に。それが一番嫌われないはずなのである。

そう己に厳しく言い聞かせていると、元気な挨拶が聞こえてきた。

「おはようございます!!　すみません、お待たせしてしまいましてっ！」

かかとの高いパンプスで駆け寄ってきた女性は、矢口梨花(りか)さん。今回の派遣会社の担当

営業である。

「おはようございます。いえいえ、まだ待ち合わせ時間の十分前ですので。私が早く来てしまっただけですので」

梨花は二十代前半。学生のようなあどけなさをまだその面に残しているが、花穂よりしっかりとしていて、今回の派遣先の面談ではずいぶんとフォローしてくれた。この仕事が決まったのは、彼女の力だと思っている。

本当にありがたい。私の経歴じゃ、こんな好条件の派遣先通るはずないもの。

今回花穂が派遣として働くことになったのは『株式会社にじ色鉛筆』という、文房具メーカーの総務部庶務課だった。

ネットで調べたら、評判の良いホワイト企業である。それも本社勤務だ。

それなのに、派遣の面談で先方から聞かされた仕事は高度な技能が求められておらず、時給が高かった。

時給が高い。交通費があまりかからない。

この二つが派遣先を選ぶ上で、花穂が重要視していることである。

二〇二〇年『同一労働同一賃金』が施行され、派遣社員にも交通費が支払われるようになってからは『時給』が唯一の条件である。

仕事をお金だけで選ぶのはどうかと言われるだろうけれど、会社の内側に入って働いてみないと、どんな仕事か、どんな職場か、どれだけ大変かなど判断できない。

今まで、花穂の期待を裏切らなかったのは時給だけだった。一時間働いて、聞いていたより少ないということはなかった。

ちなみに前回のクレジット会社は、時給１６００円である。今回はそれよりも高いので、高すぎるので、なにかあるのではないかと花穂は恐れていた。

………私、仕事運、悪いからなぁ。

憂鬱な花穂とは対照的に、梨花は明るくポジティブだった。

「高山さん、頑張ってお仕事をしていきましょう！　別の部署になりますが、二年前に弊社が紹介した派遣社員が、先方に気に入っていただけて正社員になっております。こちらは、そういう可能性がある会社様です！」

「……えっ、そうなんですか⁉」

「そうですよ！　お仕事のご相談のさいに、お話しさせてもらいましたよ～？」

いやされてない。

花穂はそうツッコミたかったが控えた。言った言わないの水掛け論は不毛であったし、なにより知らされた内容は朗報であったから。

派遣社員を正社員にした実績がある会社。それはつまり、派遣社員を使い捨てにしない姿勢があるということだ。

現在、中途で事務職の正社員になるのは非常に難しい。花穂はハローワーク経由で何度も断られ、また今回も諦めたが、叶うことなら正社員になりたかった。

そのチャンスがあるかもしれないと聞いて、そわそわしてくる。

「高山様のスキルでしたら、こちらの業務は問題なくこなせるはずです。総務部庶務課ははじめて弊社スタッフを派遣させていただきますが、他の部署の評判はとても良いので、まずは長期で働けるよう頑張っていきましょう！」

「──はい！」

話がうますぎると怯んでいる場合ではない。頑張ろうと、花穂は拳を強く握る。

待ち合わせをした日本橋駅から派遣先まで徒歩十分。梨花から派遣先の情報や初日の説明を聞きながら歩いていたら、あっという間の距離だった。

花穂は立ち止まり、派遣先の建物を見上げる。板チョコレートに似た、レトロなビルである。

面談のときも思ったけど、立派な大きなビル。日本橋らしい雰囲気もあってお洒落だし……私、こんなところで働いて浮かないかな。

花穂は自分の身なりを意識する。

無難な黒スーツ、長い黒髪をアップした様は、社会人のお手本のよう。もちろん、化粧も控えめだ。

ちゃんとしている。問題ないとうなずいて、先をゆく梨花を追いかける。

前回と同じように、入ってすぐのカウンターには受付が二人座っていた。

どちらも綺麗（きれい）にメイクをした華やかな女性で、企業レベルの高さを感じてしまう。緊張で震える花穂を守るように、梨花はごくごく自然に受付へと斬りこんでいった。

「トータルスタッフィングの矢口と申します。総務部人事課の川田（かわた）様と、九時にお約束をしておりまして――」

「人事課の川田、でございますね。少々お待ちください」

彼女たちのやりとりを、花穂は少し離れたところで見守る。

この会社の就業時間は九時からで、現在八時五十分だった。

ぎりぎりにやってきた社員たちが花穂を追い越し、エレベーターへと吸い込まれていく。

前回は気づかなかったが、入り口脇にはこの会社の紹介スペースが設けられており、売れ筋商品らしき色鉛筆が陳列されている。

『皆等しく、人に喜ばれる製品を作る』

社長の言葉だろうか。そう、濃い墨で書かれた書が飾られている。

いい会社みたいと、花穂はふんわりと微笑（ほほえ）んで、平和な朝の光景を眺めていた。が、ふいに、異質なものを見た気がした。

「え？」

見間違えだと瞬時に脳が拒否し目をそらしたが、花穂は気になってそちらを確認する。

――な、なんなの、あの人!?

大きな、大きなヘッドホン。

その男はひょろりと背が高く、痩せているせいで、耳を塞いでいるそれが妙に目立っていた。

目にかかるほど長い前髪。黒縁の古そうな眼鏡をしていて、顔の半分は見えない状態だ。

さらに服装はダメージ加工の空色のジーパンに、Tシャツ。

ぱっと見、渋谷(しぶや)の若者のようであるが、ここは渋谷ではない。れっきとした会社である。

しかし、受付も警備員も、彼を咎(とが)めることはなかった。

彼も当然の様子で、エレベーターホールへと向かっていく。――ということはこの会社の関係者なのだ。まさか、ここの正社員ということはないとは思うが。

「矢口さん」

花穂が思わず声をかければ、梨花は右手で頬を押さえながら「あらぁぁ」という顔。

「業者さんですよ～」

「そ、そうですよね……」

花穂が困惑に瞳を揺らしていると、四十代の男性がエレベーターから降りてきた。花穂たちのほうへとやってくる。

「お待たせしてすみません」

「いえいえ、とんでもないです〜！　ご足労いただき、ありがとうございます！」

人事課の川田である。花穂の面談をしてくれた男性だ。

梨花が明るく話しているのを見て、花穂は気を取り直した。

「本日からお世話になります、高山花穂です。どうぞよろしくお願いいたします！」

社会人は挨拶から。

なるべく大きな声を出して、深々と頭をさげる。顔をあげると、エレベーターが閉まるのが目に入った。

……ヘッドホンが、こちらを見ていた。

◇◆◇

オフィスカジュアル。

派遣の求人でお馴染(なじ)みのそのワードが、花穂は苦手である。

ネットで調べると、社内でお客様に会っても失礼ではないくらいにきちんとした服装と解説されている。

　具体的には、ジーパンNG、露出が多い服装NG、奇抜すぎる服装NGなどなど。好まれる服装例も出てくるが、それでもオフィスカジュアルを、花穂はうまく摑めない。たとえば、アパレル系の営業事務では地味すぎる服装は嫌がられたし、お堅めな経理事務では華やかな服装は煙たがられる。

　女子というのはとかく、チェックが厳しい。

　結局、いっしょに働く女性に受け入れられることが求められるので、派遣先が変わるたび、周りの服装チェックに勤しむことになる。――そして、自分の好みでもない服がクローゼットに増えていく。

　節約主義者の花穂にとっては、たいへん不本意なことだった。

　その点、ここは楽だなぁ。

　花穂はビニールに包まれた制服を抱きしめて、無人の更衣室で微笑む。

　品のいい藤色のベストとスカート。

　部署にもよるそうだが、この会社は女性従業員に制服着用を義務付けている。制服を嫌う人もいるだろうが、花穂は「余計な出費が抑えられる！」と喜んでいた。

「ありがたいありがたい」

　独り言を呟きながら、スーツから制服に着替える。着替えで乱れた髪を整えて、リップクリームを塗りなおした。

　ふと、先ほどのヘッドホンを思い出す。

「変な人だった……」

　見た目で人を判断するのはよくない。が、会社というのはTPOというものが求められる場所だと花穂は信じている。

　ここまで来る間に会った社員さんたちは『普通』だった。このまま『普通』に派遣初日を過ごさせてくださいと祈りながら、花穂は5階、『総務部人事課』へと向かう。

「お待たせしてすみません。着替えてきました」

「いえいえ、大丈夫ですよ～！　ではご案内しますね」

　川田はにこにこと感じのいい笑みを浮かべていて、花穂はほっとする。川田の朴訥(ぼくとつ)な雰囲気が、父と少し似ている。

「よろしくお願いいたします」

　川田に先導されて、初めての派遣先へと向かう。

　行く最中、失敗しないように、嫌われないように、と頭の中で自己紹介の練習をする。

　そちらに夢中で川田がどんどん人気(ひとけ)のないほうへ向かっていることに、花穂はすぐには気づけなかった。

　エレベーターは二人を地下1階へと運ぶ。地下は窓がないというのに、省エネ対策か電球は最低限しかついていない。その薄暗いフロアの、奥のほうへ、奥のほうへと、川田はずんずん歩いていく。

……なんだか、倉庫みたいに雑然とした場所ね。なにか間違えているんじゃ……？

庶務課は人事課と同じ総務部なのに、こんなに離れているのも不自然だった。

しかし、川田は何も間違えていなかった。『総務部庶務課』のプレートが花穂の目にうつる。

花穂は顔をしかめた。それは人事課のプレートに比べて、あまりに庶務課のそれが古く汚れていたからである。

「あ、あの、川田さん!? えと、あ、あ、あの！」

「高山さん、ここが『総務部庶務課』になります」

花穂が待ってくださいと言う前に、川田はその扉を開いた。きぃぃぃ、という軋んだ音が響き渡った。

「お疲れ様です、守屋課長。今日からこちらで働くことになった派遣社員の方をお連れしました」

川田は室内の奥へと声を張り上げる。花穂はおずおずとそちらを見て、驚いた。

三角形のぴくぴく動く耳。しなやかな肢体と真白き腹。

「にゃあああ！」

デスクの上に、猫がいた。——いや幻覚だろう。こんなところに猫がいるはずがない。

「お、ミケランジェロ。またここにいたのかい」

「みゃあ！」

川田に声をかけられた三毛猫は、なにか文句でもあるのか？　というように鼻を鳴らす。

偉そうな三毛猫が寝そべるデスクには、五十代の痩せた男性が申し訳なさそうに小さくなって座っていた。

「——ここは、人が少ないから落ち着くようなんですよ」

優しく猫の喉を撫でながら、彼は川田を見上げる。

「川田くん、ご苦労様」

にこりと微笑んだ男は、眼鏡の奥の柔和な瞳を花穂へと向ける。

「彼女が、今日からうちで働くことになった派遣さんですか。——僕はこの課の責任者で守屋です。いつまで続くかはわかりませんが、どうぞよろしくお願いします」

「……は、はい！　高山花穂です。どうぞよろしくお願いいたします！」

呆気にとられていた花穂であったが、反射的に頭をさげる。

——あれ？　今、いつまで続くかわからない、とか妙なことを聞いたような？　……聞き間違いよね。

内心首を傾げていると、とすん、と軽い音がした。見れば、三毛猫がデスクから床へと着地している。そのまま花穂の足元をすり抜けて、外に出て行ってしまう。

「おやおや、行ってしまいましたか。──ああ、そろそろ帰ってくるのかな」

残念そうにぼやく守屋に、花穂は眉を寄せて質問をぶつけた。

「あ、あの、守屋課長。あの猫は一体……？」

「ああ、驚きますよね。あの子は、三毛猫のミケランジェロくんです。もともとは行き倒れているところを社長が保護したんですが、社長はご自宅で犬を飼われていたので、なんとなく守り神みたいな扱いで『会社の猫』になっています」

「…………」

いいんですか、そういうの？　ここ会社ですよ？

と突っ込みたかったが、花穂は堪えた。ヘッドホン男といい、この会社はいささか変わっているようである。

しかし、郷に入っては郷に従えというではないか。今までも変わった派遣先に派遣されたことはある。猫なんて無害で可愛いものだと、己を納得させる。

「なるほど！　看板猫がいるお店や駅、増えましたよね～。猫がいる会社って楽しそうです」

「ええ、ミケランジェロは人懐っこいところがあるので、癒されるととても評判がいいんです。我が社自慢の福利厚生です」

花穂が話を合わせると、川田は本当に嬉しそうに胸を張った。猫を福利厚生と評す彼は、間違いなく猫好きなのだろう。

あー、でも、私は、犬のほうが好きですかね。猫は突拍子もない動きをするし、我が儘で、ちょっと苦手です。すみません。

そう、ひそかに川田に謝っているときだった。ドスドスと荒っぽい足音が聞こえてきたのは。

振り返れば、大きな透明な箱を抱えた、太った女性が部屋に入ってくるところである。

「守屋課長、戻りました～！」

年は四十近いのではないだろうか。メイクが濃く、パーマがきつめの、派手派手しい女性である。

守屋に戻りを告げるその声もボリュームが大きくて、猫と同様、花穂が苦手とするタイプだが、そんなことはやはり、おくびにも出さないようにする。

「松村君、ご苦労様。新しい派遣の子、来たから。お仕事教えてあげてね。名前はえーと……」

「はい、高山花穂です！　本日からお世話になります！」

「そうそう、高山さん。高山さん、彼女は松村君。うちは、僕と彼女、あと今日は他の部署の手伝いにいっていますが、小門くんの三人になります。みんなと仲良くね」

そう守屋は言うが、松村は花穂をちらりと見ただけで、そのままデスクに座ってパソコンを起動させている。とっつきにくそうな人だった。

とっつきにくいを通り越して、なんかちょっと恐いかも。

守屋が穏やかで痩せぎすなのと対照的に、松村は制服がパツパツなくらいに太めで迫力がある。

この人から仕事教わるの、少しきつそうだなと、花穂は早速助けを求めたい気持ちとなって辺りを見回したが、頼りになりそうな川田はいつの間にか消えていた。ミケランジェロにつづいて退散したようだった。

花穂は意を決し、松村に近づいていった。

「本日からお世話になります、高山花穂と申します。前職ではクレジット会社の戦略広報室で働いていました。総務部庶務課の仕事ははじめてとなりますが、一日も早く皆さまのお役に立てるよう努力してまいります。どうぞよろしくお願いします！」

笑顔で、明確に、聞き取りやすいトーンで、花穂は昨日一人で練習した自己紹介をする。

けれどその努力に対し、返ってきたのはパソコンのキーボードを打つ音のみだった。

花穂が沈黙に耐えていると、守屋が助け舟を出す。

「松村さん。今やってる仕事で、簡単ですぐできそうなやつから、彼女にふってあげてくださいね」

「……はーい」

松村は面倒くさそうに答えて、「じゃあこれ」と、先ほどどこかから持ってきた透明の箱を指さした。

「集計お願い。終わったら『佐々木屋』に電話。よろしく」

「…………」

端的過ぎてよくわからない。なんのためにその仕事をするのか、いつまでにそれをするのか、『佐々木屋』というのがなんなのかも。

わからないが、その指示だけで当然できるという顔を松村はしている。とても聞ける雰囲気ではなかった。

「集計ですね。はい……」

花穂は透明の箱の中身を見た。

縦1センチ、横3センチほどの長方形の紙が、何十枚も入っている。その一つを取ると、表面に名前と部署名、裏返せば『コロッケ』と書いてあった。

「……コロッケ？」

その他の紙片を確かめると、やはり名前と部署名がある。しかし裏面は何パターンかあるようで『A定』『B定』『冷やし』などなど。ふいに、花穂の瞳が輝く。

――わかった！　これ食券だ!!　お昼の仕出し弁当かなにかを注文するために、集計しろってことなんじゃないかなぁ。たぶん……？

確証はなかったが、集計しろと言われている。そして食券だとしたら、注文できる時間が決まっているはずである。

今は午前十時。

花穂は時計を見るなり、慌てて手持ちのノートを開いた。

食券は全部で七十八枚と枚数がある。

その一つ一つの名前とメニューを確認し、ノートに記入してゆく。間違えないよう慎重にやっていたせいで、作業完了まで三十分もかかってしまった。

「松村さん、作業中に失礼します。集計が完了しました。注文をするので『佐々木屋』さんの電話番号をお聞きしてもよろしいでしょうか？」

「そんなの登録されてるから。まず調べて」

うざったそうに、松村は顎をしゃくって電話を指した。本当にやりにくい人である。

しかし花穂はにっこり微笑んで「ありがとうございます！」と即答する。こんなことでいちいち傷ついていたら仕事なんて続けていられない。切り替え、切り替えだ。

「えーと、登録された電話番号を呼び出すには……」

はじめて触れる電話のそれらしきボタンをあちこち押すと、ディスプレイに『佐々木屋』と出てきた。花穂は小さくうなずいて、そのまま通話する。

ワンコールで、年配の女性が出た。

『『にじ色鉛筆』総務部庶務課の高山と申します。恐れ入りますが、お弁当の注文は、こちらでよろしかったでしょうか？』

『ああ！　にじ色鉛筆さんね。ま～た、注文時間すぎても連絡がこないから心配してたんですよぉ！』

花穂は渋面になる。〝また〟ということは、注文時間をすぎることが、普段からたびたびあることがうかがえた。

「……すみません、次回から気をつけますので」

『ほんとですよぉぉ』

しかしそもそも何時が注文の締め切り時間なのだろう。質問すれば教えてくれそうだったが、電話越しでもお店の人が急いでいるのは聞き取れた。

作るほうからすれば、注文が遅れても納品時間に間に合わせなければいけないのだ。余計な質問は今度にしよう。

花穂は受話器をかかえて頭をさげながら、迅速に会社全員分のお弁当をオーダーする。

間違いがないよう、しっかりノートの集計を見て。

「どうぞ、よろしくお願いいたします」

丁重に電話を切り、ふーっと息を吐き出した。

——ミッションクリア。

エコ袋から水筒を取り出し、水分補給。まだ十一時前なのに、思いのほか疲れていた。

あー、ダメだなぁ、私。そんなに難しい仕事を任されたわけじゃないのに、注文時間にも間に合わなくて、お店の人に迷惑かけちゃったし。今の仕事、もっと効率よくできた気がする……

そう一通り一人反省会をすると、花穂は席を立つ。

「松村さん、頼まれていた仕事が終わりました！　次はなにをしましょう」

終わったことは終わったこと。次の仕事をせねば！

はりきって声をかければ、松村はうるさそうに眉をひそめた。

「ここにお弁当が届いたら、食堂に置いてきて」

また端的な指示。いつ届くのかも、食堂がどこにあるのかも、わからない。——わからないが、やはり聞ける雰囲気ではなかった。

「高山さん、そっちが高山さんの前任者のデスクですよー。そこ使ってくださいね！」

守屋に言われて、花穂はとりあえず席を移動する。

今日から自分が使うのがわかっていただろうに、ラックには資料やファイルが置いたままで、ホコリがたまっていた。

まあ、忙しいのかもしれないけど、ちょっと……いえだいぶ、難しそうな派遣先だなぁ。

そっとため息をもらしながら、デスクを片付ける。すると、いいものを見つけた。会社案内図である。

社員食堂、社員食堂は――３階！　お弁当が届いたら、３階にいけばどうにかなるかな。あ、でも、お弁当をそのまま置いただけじゃ、誰がどのお弁当を頼んだかすぐにわからなくて、混乱になりそう。

置いてくるよう言われただけなのだから、それ以上、考える必要はないのだけれども。どうしようか考えていたら、「佐々木屋です～」と語尾が妙にあがった声が聞こえてくる。

「っ、はーい！」

慌てて花穂は、部署の外で待つ女性を出迎える。

「いつもありがとうございます～。お弁当をお持ちしました～！」

「ご苦労様です……」

腕が太くたくましいお弁当屋のおばさんと、カートにのった七十八名分のお弁当を前にして、花穂は顔を引きつらせる。――腕時計を見やれば、すでに十一時四十五分！

会社全員分のお弁当、けっこう量があるぞぉ。これを一人で運んで、並べる。お昼休みは十二時。量も時間も、厳しい……！

花穂は手早くお弁当の受け取り書にサインをすると、必要最低限の仕事を確実にしようと即座に頭を切り替えたのだった。

◇◆◇

一仕事終え食堂から戻ってくると、花穂は自分のデスクに座り込んだ。

十二時十分。

仕事完了を伝えたかったが、すでに松村の姿はない。

お昼に行っちゃったんだろうなぁ。

3階の食堂は、食堂とはとても言えないようなところであった。悪い意味ではない。いい意味で、だ。

広々としていて開放感があり、雑誌で紹介される人気カフェテラスのようにお洒落(しゃれ)だった。和食と洋食、両方販売されていて、しかもけっこう美味(おい)しそうで価格も安かったから、松村はきっとそこでお昼をとっているのだろう。

いい会社である。

充実した食堂と、仕出し弁当の注文ができるというだけでそう思う。

都内で外に食べに行こうとすると、一〇〇〇円以上とられることがある。時間もかかるし、お昼休みをきちんと休めない。そのことを会社が、慮(おもんぱか)ってくれるというだけで、いい会社だここは。——だからこそ、それなのにどうして、と花穂は思ってしまう。

総務部庶務課は薄暗く、空気も少しよどんで埃っぽい。

他の部署は近代的で明るい雰囲気なのに、なぜ自分の部署だけ？　と花穂は首をひねらずにはいられない。

……まあ、落ち着くといえば落ち着くんだけど。

キラキラしたものは好きだ。そういうものに憧れて上京したといっても言い過ぎではない。けれど、キラキラの中に入って、自分もキラキラしないといけないみたいな圧力は、なんとなく緊張してしまうのである。

守屋は自分のデスクで仕出し弁当を食べている。いつの間にか戻ってきたミケランジェロは、そのお弁当を狙っているようだった。

「なんだかなぁ」

朝の占いを思い出す。

『絶好調の一日。キラキラ輝くあなたに、みんなから憧れの視線がそそがれるかも！　でも、傲慢にならないで？　調子に乗ると、後々痛い目に。謙虚に過ごせば、人生を変えてくれるような〝素敵な人〟との出会いが期待できるかも！』

まったく当たっていない。占いを信じたわけではないけれど、少しだけ文句を言いたい気分だった。

……でも、仕方ないか。私の人生、こんなものだし。人生を変えてくれるような素敵な人なんてねぇ？　出会ったところで、私の弱気な性格は、なんにも変わらない。

花穂はため息をつきながら、水筒のお茶を一口。

ぼんやりしていたら、お昼休みはどんどん過ぎていくだろう。けれど、どうにもお昼を食べる気分になれなかった。

私の胃袋さん、朝からの緊張で動いてくれていないような？　でも一応、少しは食べておかないと。

億劫がる体をなんとか動かす。

その次の瞬間、バタンと大きな物音がした。それが、乱暴に扉が開かれた音だと認識する前に怒鳴り声が轟く。

「一体、どういうことなの!?」

ワンレングスの流行りのボブヘアー、パリッとしたパンツスーツ。

ドアの前で、見知らぬ女性が仁王立ちしていた。

服装はさりげなくブランドもので上品だが、大変、ご機嫌がよろしくないらしい。怒りの波動を受けて、花穂はぎゅぅぅぅと心臓が締め付けられた。

な、なにっ。なに!?　い、嫌な感じが!!

女性は庶務課全体を睥睨して、盛大な舌打ちをする。

「――あいつ、逃げたか？」

ひとりごちると、守屋を冷ややかに見やる。

守屋は首をすくめて視線を合わさず、黙ってお弁当を食べている。食事中で対応できませんという態度だ。ミケランジェロはつぶらな瞳で彼女をまっすぐ見つめ、首を横に。

「みゃあああん！」

可愛らしいその鳴き方は、自由気ままな猫でさえも空気を読んで、彼女の機嫌を取ろうとしているかのよう。

そんな場の状況を、花穂に観察する余裕はなかった。ただひたすら俯いて、嵐が過ぎ去るのを待つ。

い、嫌だな、こういうの。なんだかわからないけど、今までの嫌なことを思いだしちゃう……この場から消えたい。早く、早く終わって……！

心臓の鼓動が不安でどんどん、高まっていく。どんどん、どんどん、どんどん……。

「ねえ？」

「……っ!!」

声はすぐ真上から降ってきた。

「ねえ？　ちょっと」

「…………」

「──聞きたいことがあるの。少し、いいかしら?」

花穂が委縮していることに気づいたらしい。アルトの声から怒りが消える。激しい感情が収まると、理知的な声だと思った。

花穂はごくりと唾を呑む。正直、顔を上げたくなかった。けれど、いつまでも無視をしていたら、また怒り出すかもしれない。

「な、なんでしょうか?」

見上げて後悔した。女性は笑顔だったけれど、そのくっきりとした二重の瞳には苛立ちが瞬いていたから。

しかし目が離せなかった。

──すっごく綺麗な人っ。女優さんみたい。

美人に見せるにはいろいろな方法がある。目を強調したアイメイクとか、綺麗にいれたチークとか。そんなものが小細工だと虚しく感じるほど、天然で美しい人というのはいるのだと、そう思った。

整った目鼻立ち。きめ細やかな肌。薔薇の花弁のように綺麗な唇が、言の葉をつむぐ。

「幕の内弁当」

「…………は、はい? マクノウチ?」

なんだろう、今、絶世の美女が口にするには違和感のある単語を聞いたような。最近のお洒落用語に、マクノウチベントウってあるのかしら？

「ねえ。私の幕の内弁当だけ、なかったの。今日の仕出し弁当の発注、どうなっているの？」

しばらく惚けていた花穂であったが、彼女が怒っている理由を察すると、さっと血の気が引いた。

う、うそ！　発注にミスがあったの⁉　あ、あんなに気をつけたのにっ。私が、ミスをした‼

「今日の発注をしたの、あなた？　見かけない顔だけど、派遣？」

「あ、あ、あの！　申し訳ありません‼」

花穂は立ち上がるとそのまま、頭をさげた。

「今日のお弁当を発注したのは、私です。すみませんっ。ごめんなさい！　発注にミスがあったようですっ‼」

「あー、そう。私の分だけなかったからね。そういうことなんでしょう。——それで、なんでミスをしたの？」

彼女は言わなかったけれど、『あんな簡単な仕事を』という響きが聞こえるようだった。

その瞬間、幻聴が襲いかかる。

『使えない。君、本当に仕事ができないね』

「……う、あ」

「ねえ！　私はミスした理由を聞いているの。どういうふうに今日の発注をしたのよ⁉」

追ってくる自分を責める声に、動悸がする。呼吸がうまくできない。

い、いや！

花穂は恐怖から逃れようとした。けれど目の前に恐怖、後ろにデスク。逃げ道がない。

瞳を、さまよわせる。——机の上の、自分のお弁当が目に入った。

「こ、これ！」

「な、なに？　……って、あなた、大丈夫？」

「私の、お弁当ですっ。代わりにお召しあがりください‼」

返答を聞かず、お弁当を押し付ける。彼女が反射的に受け取った瞬間、これで許されると息ができた。

花穂はそのまま、恐怖の横をすり抜ける。

「す、すみませんでしたっ。し、失礼します‼」

花穂は逃げた。

後先などは考えず、恐い現実から一目散に。

パニック状態となってしまった彼女は、そのときは逃げることしか考えられなかったのである。

落ち着きを取り戻したのは、お昼休みが終わる間際。

恐る恐る職場に戻って中をうかがうと女性の姿はなく、心底ほっとした。

「ほんと、昼休みって短いわよねぇ」

文句をたらしながらデスクにつく松村の姿を横目に、花穂は自分のデスクの中央に置かれたお弁当箱を持ち上げる。

――軽い。

花穂の身代わりとなったお弁当は、綺麗に空となっていた。

第二話　スーパー派遣は卵焼きがお好き?

嫌なことがあっても休めるのは学生までだ。

社会人になれば、休むと周りに迷惑がかかる。派遣社員の場合、それが理由で切られかねない。

——昨日の午後は平和に終わったから。だからきっと大丈夫。大丈夫大丈夫!

花穂(かほ)はそう己を励まして、翌日も定刻通り出社した。

「昨日は災難だったみたいじゃない?」

そうしたら、松村(まつむら)に労(いた)わられた。「おはようございます!」と挨拶をして、返ってきたのがこの優しい言葉である。

いや、優しいんじゃない。これは好奇心だ。

昨日のお昼休みの事件は、花穂が出社する前に守屋(もりや)から聞いたようだった。ワイドショーを楽しむ野次馬根性的なものを感じ、花穂は少し引いてしまう。

なにより、始業時間十分前である。

「えーと、なんのことですか?　それより、今日はなにからお手伝いすればよろしいでしようか？」

「まだ、勤務時間前でしょう？　かたっ苦しいわね～」

松村は意地が悪そうに笑った。

「昨日ここに乗り込んできた女、『宝城きわ子』っていうんだけど。まあ、問題が多い女でね。残業は一切しない。若い男にバイクで送迎される。服もうちの制服を着ないで、厭みったらしくブランドもの。——前にもねぇ。昨日みたいな、変ないちゃもんつけてきたのよねぇぇぇ」

人の悪口は、ぺらぺらと出てくるらしい。仕事の指示もそうあってほしいものだと思って聞いていた花穂は、いちゃもんの一言に、目を見開いた。

「い、いちゃもん、ですか？」

「そ！　はじめてじゃないのよねぇ、お弁当が頼まれてないって言ってくるの。こっちはちゃんとやってるわよ。頭おかしいんじゃないの」

花穂が反応したので、松村は嬉しそうだった。湧き水のごとく、文句が溢れ出る。

やれ〝ちょっと〟美人なのを鼻にかけているだの。やれ他部署の部長に色目をつかって優遇されているだの。女性社員に嫌われて一人孤立しているだの。

さんざんな言われように、花穂は首をすくめてしまった。松村は絶対に敵に回してはいけないと、心に誓う。

ああ……でも、よかった。昨日の発注ミス、あの人の勘違いだったのかも。

花穂は昨日から、ミスをしたということを引きずって、自分を責めていたのである。松村はそれに気づいて事情を話してくれたわけではないだろうが、結果的に、花穂の心は軽くなった。

「高山さん」

花穂がデスクにノートや水筒などを置いて準備をしていると、守屋がやってくる。松村には聞こえないような、小さな声で言った。

「昨日は大変でしたが、今日はそんなことはないと思うので、お仕事よろしくお願いしますね」

「？　……はい」

なんとなくその態度に引っかかるものがあったが、花穂は素直にうなずく。とりあえず、気を遣ってくれているらしい。

「守屋課長、なにをコソコソやってるんですか～？」

「今日も小門くんは他部署に引っ張っていかれて、高山さんに紹介できませんねーって話です」

松村に声をかけられて、守屋はさらりと話を変える。

「小門っちは、もういっそヨソにあげちゃいません～？」

「なんてことを言うんですか。うちは人数が少ないんですから、ミケランジェロの手も借りたいくらいなんです！」

二人の応酬を見ているうちに就業時間になった。花穂は今日も頑張ろうと、ノートを開く。

◇◆◇

仕事効率というものは、回数を重ねるたびに良くなっていくものである。

仕事の理解度があがればあがるほど、なにを、どのタイミングですればうまくいくか分かるようになっていくからだ。

花穂が初日に苦戦した仕出し弁当の発注。

二回目の今日はなんてことなくスムーズに進み、『佐々木屋』の発注締め切り時間に間に合わせることができた。少し余裕もあったので、守屋から雑務を引き受けてそれもスッキリ終わらせる。

——よし!!

お昼休みが十分過ぎても、昨日のように誰か怒鳴り込んでくることもない。花穂はデスクを立った。

午前中の業務、オールクリア！

ほのかに笑って、エコ袋を片手に部署を出る。初日はエレベーターでつれてこられたが、地下1階のフロアだと、エレベーターを待つ時間がもったいない。階段を見つけると一気にのぼり、会社の外へと飛び出す。

――そのときの解放感たるや！

お昼は守屋のようにデスクで食べてもいいし、松村のように食堂を使うという手もあるが、花穂は会社だとうまく呼吸ができない。それは、今まで渡り歩いたどの派遣先でもそうだった。仕事が絡む人間の視界に入るのが苦手なのだ。

花穂にとって昼休みは息継ぎの時間。

そして昨日インターネットで検索したら、徒歩五分のところに息継ぎによさそうな公園を発見した。ベンチやひさしも設置してあるようである。

綺麗な公園だと嬉しいなぁ。まあ、そうじゃなくても今日のお弁当は、すっごく豪華。食べるのが楽しみね！

きんぴらごぼうを卵で巻いた、きんぴら卵焼きと、ジャコのおにぎり、豆腐マヨネーズを添えた角切り野菜、豚のバラ肉とほうれん草の炒め物。

すべて花穂の好物である。

普段お弁当にそこまで力を入れないが、昨日は仕事でミスをした。鬱々とした気持ちを晴らすために、食費度外視で腕をふるってしまったのだった。

まだ、新しい派遣先でお給料をもらっていないにも拘(かか)わらず、だ。

「でも、ときどきは、そういうことをしてもいいよね……」

花穂は力なく呟(つぶや)く。

誰かに認められることはないから、自分で自分を許す。それは必要なことだった。

うーん、なんでかなぁ？　外に出たというのに、お弁当だって豪勢なのに、気持ちが完全に上向かないなぁ。……まだ引きずってるんだな、私。

深い、深いため息をひとつ。またひとつ、こぼしていると、優雅に揺れる長いしっぽが視界に入った。ミケランジェロである。

昨日は守屋課長のお弁当を狙っていたと思ったら、今日はお外でお散歩ですか。まったく、自由に会社を出入りして、猫は本当にいいご身分ですね。

少しひがんだ気持ちで猫の後ろ姿を眺めていると、その視線に気づいたらしい。

振り返ったミケが、抗議するように鋭く鳴く。

『——会社の犬にもなれなかった派遣社員が、自由な猫を羨むでない！』

そんな幻聴が聞こえて、花穂は首を振る。猫にまで嫉妬してバカみたいだ……

己の被害妄想を自嘲していると、三毛猫は走り出した。滑らかな毛皮の主が飛び込んだのは小さな公園。

『第六平和公園』

平和を冠するその場所が、花穂の目的地でもあった。

ぱっと見て、寂しい公園である。

遊具はなく、中央に噴水といくつかベンチが置かれただけの空間。外から中が見えないようなバランスで木々が植えられ、こぢんまりしている。しかしその分、落ち着いた雰囲気はあった。

三毛猫はしっぽをフリフリしながら、居心地の良さそうな場所を探している。花穂も、深く呼吸をした。

自然は好きだった。地元の何もない町をつまらないと思っていたけれど、外に出て、その価値を知るようになった。

「……帰りたいなぁ……」

一年に一度実家に戻るが、自分の部屋はいつの間にか妹の趣味部屋になっていて帰る場所ではなくなってしまっている。

天を仰いだ。残暑はまだまだ厳しく、太陽は元気だ。

――お昼にしよう！

そう気持ちを切り替えて、座る場所を探す。日差しが避けられるベンチは三つあるが、二つは完全にふさがっていた。残りもすでに人が座っているが、その四人掛けのベンチには花穂が座れる余裕がある。

同席させてもらえないかしら。

日陰なので顔は見えないが、座る姿勢が綺麗な女性である。花穂は思い切って声をかけた。

「おとなり、失礼してもよろしいですか？」

「ええ、どうぞ」

女性は顔をあげる。花穂は頬を引きつらせた。

こ、この人、昨日の!!

昨日、怒鳴り込んできた女性だった。

「あなた昨日の」

相手も花穂に気づいた。

怒ってはいないようだったが、その瞳に映りこんだ瞬間、花穂の頭から汗が噴き出た。

逃げたい！　と恐怖が鼓動を早まらせたが、足は地面に縫われたように動かない。

「あ、あ、あの。き、昨日は本当にすみませんでした！　たいへんご迷惑を……」

女性はゆらりと立ち上がる。と思う間もなく急に腕を摑まれ、花穂はひゅっと喉を鳴ら

したが、

「昨日はありがとう！　お弁当、すっごい美味しかったわ！」

「……え？」

弾けんばかりの笑顔に、惚けた声をあげることに。

女性はカラカラと笑いだした。

「私、食べないと本当にダメなのよね。昨日は怒鳴っちゃって、ごめんなさいね！」

「……い、いいえ」

笑うと、とても魅力的な女性だった。東京の大人の女性にしては珍しく、感情があけっぴろげである。

今朝、松村が評したような人物にはあまり見えなかった。

「座ったら？　お昼食べにきたんでしょう？」

「はい……」

キツネにつままれたような気分で、花穂はベンチに座る。――そうだ、まずはしっかり食べて午後に備えないと。

気を取り直して卵焼きから箸を伸ばした花穂であったが、横から強い視線を感じた。じぃぃぃと、なぜかとても見られている気がした。

「あ、あの。なにか？」

恐る恐る横を確認すると、長い睫毛にふちどられた綺麗な瞳が、花穂のお弁当に釘付けとなっている。

「気にしないで？　見ているだけだから」

そうは言われましても。

「……………すみません、気になります」

「肝が小さいのね。人に見られながら美味しいものを食べるのって優越感でしょうに」

そこで優越感を覚えるのは、特殊な人だと思った。少なくとも花穂には無理である。あげく、彼女は平然とこう言ってきた。

「その卵焼きが美味しかったの。昨日も入っていた。そう、それね。今まで食べた卵焼きの中で一番美味しかったの」

……これで食べられる人がいたらお目にかかりたかった。

花穂は頭痛をこらえるように目を閉じ、意を決して切り出した。

「卵焼き、食べますか？　大したものではありませんが」

「あら、いいの？」

いいの？　も何もない。なんて図々しいのだろう。そう思ったが、花穂は大人になってにっこり微笑む。

「ええ。私が食べるより、美味しく食べていただければ卵焼きも喜ぶかと」

「ありがとう！」

返ってきたのは、本当に嬉しそうな、とろけるような微笑み。

花穂は唖然とした。自分の作り笑顔とはまったく違う、本物の輝きに。

「やっぱり、美味しいわね～！　昨日と同じように美味しくて、幸せだわっ」

――すごいな、この人。

花穂は誰かを喜ばせるためとか、自分の気持ちをあげるために、ポジティブな言葉をよく使う。けれど、彼女は違うと直感した。

そのまま言っている。

この大都会で、周りに気を遣い疲弊した大人ばかりのこの世界で、彼女はなんて素直に喜びの気持ちを語るのだろう。

花穂にはそれがいささか眩しかったが、次第にじわじわと嬉しい気持ちが湧いてきた。

「卵焼き、本当に、そんなに美味しいんでしょうか？」

「ええ、毎日でも食べたいくらい！　きんぴらを卵で巻いた卵焼きってはじめて食べたわ。ゴボウの甘じょっぱさと卵の甘み。触感もコリコリ、ふわふわしていて。――これは一体どこで買ったの？」

「……自分で、作りました」

「天才ね」

くすぐったい言葉である。

こんなふうに褒められるのは、はじめてだった。花穂は先ほどの不安とは違う、鼓動の高鳴りを感じた。

「ねえ？　この卵焼きのレシピ、ネットで公開していないの？　私にも作れないかしら？」

「すみません、インターネットは不得手で特にそういったことは……」

「もったいないっ、やればいいのに！　人気お料理ブロガーになれるかもよ？」

「人気、お料理ブロガー……」

しかしいくらなんでもポジティブすぎて、花穂は眩暈（めまい）がしてきた。

これ以上この人と話していたら、私が私でいられないっ。

花穂は両手をふって、己の堅実な価値観を守るために話をそらす。

「すみませんっ。その、今レシピはないんですが！　今度、書いてお渡ししますので」

もうこれ以上はご勘弁ください、と見上げると、彼女は得心したようにうなずいた。

「ああ、同じ会社だもんねぇ。じゃあ、レシピよろしくね！　――私は、広報課の宝城きわ子。きわ子の『きわ』は、父が『極める』という漢字、母は『喜ぶ』に『和む』という漢字をつけようとしてお互い譲らなかったから、平仮名よ！」

「……」

勝手にはじめた自己紹介まで、なんだかポジティブでパワーがあった。花穂が呆れてしまっていると、きわ子は笑う。

「名前の漢字をよく聞かれるのよ。だから、先に伝えることにしています」

こちらの考えはお見通しらしい。花穂は恥ずかしくなって目をそらす。

「私は、高山花穂です。総務部庶務課に昨日から派遣として働かせていただいております。よろしくお願いいたします」

軽く会釈をすると、腕時計の文字盤が目に入る。もう十二時半である。それなのにお弁当は半分以上残っていた。

なんだか、この人のペースに巻き込まれちゃってるなあ。

ほぼ初対面でお弁当をわけてあげたり、自己紹介をしたり。レシピを渡すなんていう変な約束までしてしまった。

普段の花穂ならありえないことだった。

花穂は周りから、人当たりが良く優しそうと言われるが、それはフェイクだ。派遣契約を切られないために、そう意識して見せているところが大きい。

実際は人見知りをするほうだし、ずっと一緒にいる人ともうまく打ち解けられない。

普段からさりげなく透明な心の境界線を引いて、そこを踏み越えられないようにしている。

「すみません、お話ししていたらお弁当が食べれてなくて。食べちゃいますね～」

花穂は努めて、心の境界線を強化する。話しかけられないように、お昼ご飯に集中するふりをする。

そんな警戒心など、きわ子には無駄だった。

「それにしても、総務部庶務課に〝また〟新しい派遣さんが入ったのね。あそこは相変わらず。――ねえ、高山さんに仕事を教えてるのは、どなたなの？」

こちらの都合を気にしないマイペースさに、花穂は眉をひそめる。が、いささか無視できない質問だった。

そっとため息をついて、箸を置く。

「……女性の社員さんで、松村さんという方です。あの、また新しい派遣が入ったというのは一体どういうことでしょうか？　松村さんが派遣さんなんですか？」

てっきり正社員だと思っていた。するときわ子は、

「いいえ、あの人は正社員よ。どうしようもないことに正社員。私が派遣」

「え！　宝城さん、派遣さんなんですか!?」

意外過ぎて、花穂はつい素になって驚いた。そんな花穂を、きわ子は気分を害した様子もなく面白そうに見ている。

「雇用形態なんて、どうでもいいと思うんだけどね」

どうでもいい、とサラリと言い放つ派遣社員は珍しいだろう。それも虚勢ではなく、本当にそう思っているところが、花穂には物珍しく映った。その上、

「昨日のお弁当の発注も、松村美寿穂に教わったの？」

急に呼び捨てで、それもおそらく松村のフルネームを出してきたので、花穂のほうが慌てて周囲を見回すはめに！

「宝城さん！　正社員さんを呼び捨てになんて、まずいですっ」

「あら、派遣なら呼び捨てにしていいの？」

「そ、それも違いますが。――ひ、人として、いえ、社会人として会社の人を呼び捨てにしてはいけないという……」

「仕事舐めてるバカに、敬称なんてご大層なものは不要」

刃のような暴言に目を見開いた花穂は、その凄絶な笑みを目撃する。

「何度……何度、私のお弁当が発注されていなかったと思う？　悪意を感じる。あのバカが何かしているとしか思えない……！」

突然再燃した怒りを前に、花穂は無意味に周囲を見回す。止めなければ、また怒鳴り込んでいきそうな様子だった。それはまずいっ！

「あの！　宝城さんは勘違いをしていると思いますっ」

「いいえ？　私は全て正しく把握しています」

「全然正しくありませんっ‼」

悲鳴をあげるようにして否定すると、花穂はすがるように、きわ子を見つめる。

「怒っていらっしゃるのは、昨日のお弁当発注の件ですよね……？　それに関してはたいへん申し訳ございません。昨日の発注は、全て私がやりました。ポイントポイントでご指示をいただきましたが、松村さんが何かしたというのはまったくありません！」

「——ポイントポイントの指示、ね？　それは具体的に、仕事をどんなふうに教えてもらって、指示をもらったのかしら？」

痛いところを突かれた、と思った。

あの仕事の教え方がいいか、悪いかで聞かれればよろしくない。しかしそれを認めるのは危険で黙り込むと、きわ子は苛立った様子で、息を吐き出した。

「ねえ？　あなたは知らないと思うけれど、これまで三回、発注ミスがあったの。そのときの状況は全て同じよ。新しい派遣社員が入って、その子が松村に仕事を教わって発注をし、私のお弁当の注文が漏れた。これが、三回続いているの」

「…………」

それは偶然と片付けるにしては、奇妙なように感じた。松村が言っていたようにいちゃもん——作り話とも考えられたが、花穂はきわ子と知り合って日が浅く、判断ができない。

しかし今すべきことは、正しい判断をすることではない。

「三回、ですか。それはたしかに少し多いかもしれませんが、二度あることは三度あると言います。仕事でミスが続くのはまずい話ですが、今後、十分気を付けますので

っ」

この場はとりあえず、怒りの矛を収めてもらおうと頭をさげる。

そのかいあって、きわ子の怒気はしぼんでいった。花穂に怒っても仕方ないと思ったのだろう。花穂はそれを見てほっとしていたが、きわ子に苦笑された。

「――あなたね、これまでずいぶんと損をして生きてきたんじゃない？」

「え……」

「そういう感じがするわ。馬鹿というか、お人好しというか？」

「…………」

聞き捨てならない台詞を吐いたきわ子は、栗色の髪をかき上げる。

「高山さん。あなた、今の話を聞いて、発注ミスをした派遣はどうなったのか気にならないのかな？」

花穂は虚を衝かれ、その問いの意味を考える。――ぞわっと悪寒がした。

「……あのぉ」

胸をおさえて、恐る恐るきわ子を見上げる。

「恐れ入りますが、二つほど、質問をさせていただいてよろしいでしょうか？」

「はい、どうぞ？」

「ミ、ミスをした、派遣さんはその後どうなったのか教えてください。仰る通り、とても気になります。また、一回目の発注ミスは一体、何年前の話になりますか？」

「いい質問ね」

得たり、ときわ子は笑みを深める。

「そんな何年も前のことで、私は怒ったりしないわ。——一度目は、半年前。二度目は三ヶ月前。そのミスをした派遣の子たちは、一ヶ月もせず、総務部庶務課からいなくなりました」

◇◆◇

なにか、呪われているのではと思うほどに、人の出入りが激しい職場というのはあるものである。

それを、花穂は経験上知っていた。

ぞわぞわ、と嫌な予感に泣きそうになりながら、ぐっと感情をおさえて前を向く。

「……一ヶ月で、派遣社員がいなくなるというのは、確かに短いですね……」

自分から辞めたにせよ、辞めさせられたにせよ、どちらにせよ問題だった。

花穂は長期間、同じ場所で働くことを望んでいる。

つまらないと人は言うかもしれないが、淡々と、定時に出社して決められた仕事をし、その対価をいただき、代り映えのしない日常を重ねていくのが、職を転々としている花穂の望みだ。

そのささやかな望みを繋ぎとめるために、花穂は尋ねた。

「すみません。どういった理由で彼女たちが辞めていったのか、もしくは辞めさせられたのかも、ご存じではないでしょうか？」

辞めた理由がわかれば対応できるはずである。

青ざめた顔の花穂に、きわ子はあっさり答えを投げる。

「間違いなく、松村美寿穂」

「——なぜ、そのように思うのですか？」

今度は松村を呼び捨てにすることを非難せず、問いを重ねる。

「それは、あれの性格の悪さと仕事を舐めていることを知っているから」

「具体的に、お願いします」

「ねえ？　うすうす気づいてるんじゃないの？　まず仕事の教え方が最悪でしょう？　教え方が下手なだけなら救いようもあるけど、彼女の場合は気分にムラがあって、教えたり、放っておいたりしてるはず」

……思い当たる点が、とてもある。

「派遣社員は、はじめはお試しで一ヶ月前後の契約を結ぶわよね？　それで使えると判断されたら、三ヶ月程度の契約が延長される。じゃあ、そのお試し期間に仕事をちゃんと教えてもらえず、仕事の引き継ぎがうまく進まなかったら？」

「一概には言えませんが……契約を切られることも、たしかにあります……」

あるいは派遣社員側が見切りをつけて、契約を延長しないこともありえるだろう。しかしだ。

「宝城さんの仰る通りだとして、二度も引き継ぎがうまくいっていなければ、上の人間も疑問に思うのではないでしょうか？　なぜ、松村さんはまだ引き継ぎを任されているのでしょう？」

「男って鈍いからね。引き継ぎ役が問題と気づいていない可能性もあるわよ。まあ、気づいていても確証がなければ動けないでしょう。言っておくけれど、守屋課長は、事なかれ主義の窓際族よ。──それに、松村が相手っていうのもある」

意味深長な物言いに、花穂は眉を寄せる。

「……松村さんは、守屋課長の部下ですよね。なぜそんなに遠慮しているのでしょうか？　お二人の性格的な問題ですか？」

「入ったばかりで知らないだろうけど、松村って、常務の娘でコネ入社なの。はじめ秘書課だったらしいけど、あの性格だから広報課に異動させられて、今は、最下層の総務部庶務課に落とされた残念な感じね」

　花穂は頭が痛くなってきた。

　きわ子は当たり前のように話しているが、話がどんどん厄介なほうに転がっていっている気がする。そしてその中でも一番気になったのは、

「あの、最下層の総務部とおっしゃいましたか？　……こちらの会社では、総務部は最下層という認識なんでしょうか？　い、一体、どうして？」

「最下層は総務部〝庶務課〟であって、人事課は違うわよ？」

「人事課は違う……」

「そう。総務部庶務課はね、会社が手に負えないと判断した人材や仕事が、最後に投げられる場所なの。言うなれば、会社の問題児の保育園？　守屋課長はお守役かしら？」

「…………！」

　花穂はあんぐりと口を開いた。

　……う、嘘でしょ！

　体から力が抜けていく。きわ子の話を嘘だと否定したかった。

　しかし、会社から切り離されたような場所、アクの強い正社員、気ままな猫。

　気になっていたことが全てパズルのようにはまって、とてもよろしくない構図が見えてしまった。

私、なんてところに派遣されてしまったの！

衝撃を受けている花穂に、きわ子は呑気に聞いてくる。

「お弁当、食べないの？」

「食欲がありませんっ」

「そう。それなら、もう一つもらうわね」

八つ当たり気味に叫べば、白魚のごとき五指が、花穂のお弁当に伸びていく。

「ふふ、やっぱり美味しい～」

ほっぺたをおさえて、卵焼きを嬉しそうに咀嚼する美しい人。

そこへ三毛猫がやってきた。

「ミケランジェロ。あんたも食べるかい？」

きわ子はまた一つ、花穂のお弁当箱から卵焼きをつまむ。もう花穂の許可を取ろうとはしなかった。

「みゃあああん！」

三毛猫は嬉しそうに鳴いて、花穂のお弁当をはぐはぐ食む。

「あら、これも美味しいわね～♪」

きわ子はきわ子で、お弁当箱の他のおかずもぱくぱく食べていく。花穂には、もう文句を言う気力もなかった。

「ああ……私って、本当に仕事運、悪い。せっかく、せっかく、いい派遣先につけたと思ったのに……」

愚痴と、ため息が口をついてでてくる。それにつきあうように、きわ子も愚痴った。

「本当よね～！ 私も最悪っ！ ま～た、松村美寿穂なんぞに意識を割かないといけないなんて。あいつ絶対、私のお弁当の発注になにかしてる。私が有能すぎるからって、変に妬んでくるのはやめてほしいわ」

愚痴というにはポジティブすぎる愚痴だった。

お弁当をつまんだ指先を舐めるきわ子を、花穂は冷めた目で見つめる。

「すごい、自信ですね。ご自分が有能だから、嫌がらせを受けていると仰るんですか？ 宝城さんは派遣で、彼女は正社員ですよ。本当にそんなことがあると思っているんですか？」

「あるわよ。だって私、スーパー派遣だから」

当然のごとく言い放つ。くすくすと笑う彼女は、完全に規格外だ。ここまでくるといっそ清々しかった。

この人、私と同じ派遣なのに。なんでこんなに自信満々でいられるんだろう。

弱気な自分には、彼女の存在が眩しく映った。しかし不思議と、恐れや妬みといったそういうマイナスの感情は湧いてこない。料理を褒められたからか、それとも。

――ああ、そうか。この人からは人間の生々しさを感じないんだ。

ミケランジェロを見下ろす大きな瞳は、少し目尻が吊り上がっている。

「人よりも、猫に、似てるような……？」

ふと気づいて呟くと、ミケランジェロを撫でていた、きわ子の視線が流れてくる。花穂は目を泳がす。

「ねえ、今なにか言っていた？　あなた、声が小さくて聞き取りにくいわ」

「いえ、なにも言っていないです……」

「そう。――それで？　どうするの？」

「な、なにがですか？」

花穂は本当に意味がわからなくて問い返すと、きわ子は呆れたように、同時に多少、物騒に瞳を輝かせて言った。

「今の話を聞いてよ。松村美寿穂に、どうやって立ち向かうの？」

「え」

花穂はたっぷり三十秒、沈黙した。

弱気な彼女には言葉の意味すらすぐに理解できなかったが、猫のような自称スーパー派遣は不敵に笑う。

「卵焼きが美味しかったから、手伝ってあげるわ」

◇◆◇

お昼休み終了ぎりぎりに駆け込んでゆくと、松村が恐(こわ)い顔で花穂を出迎えた。

「遅い！」

「私より戻りが遅いってどうなってるの!?」

「すみません!!　次から気をつけますっ」

花穂はその場で深々と頭をさげて謝罪する。頭上から、長い長い嫌みが降ってきた。

「ほんと、最近の派遣って図々(ずうずう)しいわよねぇ。昼休みは終了五分前に戻る。これが常識でしょう？　私が入社した頃はね、昼休みだけでなく出社だって誰よりも早くしていたし、一番最後まで仕事をして帰っていたわ。新米はそれが当然だったし、サービス残業もよく引き受けたものよ。もちろん、サービス残業をしたからって恩着せがましくなにか言ったりはしないの。でもそうすることで、信用されていったわけ。派遣だからってね、無責任にのほほんとしていられちゃ困るわ」

「は、はい……たいへん申し訳ありません。重々気を付けますので」

それは労働基準法を犯していると思ったが、花穂は賢明にも言葉を呑(の)み込んだ。正論は火に油を注ぐだけである。

しかしどんなに低姿勢でいても、松村の文句は止まらなかった。お昼休みになにかあったのか機嫌が悪いようで、朝とはまったく様子が違う。

「……松村くん、彼女も反省しているようだから、それくらいで。仕事を進めてください」

見かねた守屋から一言。松村はつまらなそうに鼻を鳴らして、去っていく。

花穂はほっとする。胸がどきどきしていた。

……次からもっと早くに出社して、お昼も早くに戻れるようにしよう。

憂鬱な気分で自分のデスクに座る。気持ちを切り替えようと、一口、ポットのお茶を飲もうと思ったが、その前に嵐が再来した。

「はい仕事。このチェックやっておいて」

松村は胸に抱え込んだ書類の束を、どさどさ置いていく。花穂は硬直した。

「承知しました。あ、あの……」

「なに？」

一体なにをすれば？　という言葉は恐くて出てこなかった。花穂が言いよどんでいると、松村は踵（きびす）を返（かえ）す。

「私、他部署の応援に行かないといけないから。戻ってくるまでによろしく。電話対応もしっかりやっておいてよね」

それ以上説明せず、松村は本当に出て行ってしまう。

残されたのは、守屋と花穂と、大量のよくわからない書類。

――ど、ど、どうしよう～～～!!

内心パニックで守屋を振り返ったが、彼は神妙な面持ちでパソコンを打っている。今までの穏やかな守屋とは打って変わって、話しかけにくい雰囲気だ。

なにか緊急の仕事かしら……？　私は私でどうにかするしかないのかも。

花穂は仕方なく書類の確認に入る。

机の上には、文房具の販促ポスターらしきイラストが印刷された紙が三十枚ほど。

その全てが同じイラストではなく、バラバラだ。赤ペンや青ペンでなにか――ママ、トル、規定書参照などと書きこまれているが、読んでも意味がわからない。

……こ、これは、なにをどうすれば良いんだろう。あ、なにか資料がある。この冊子なに？

それは、五十枚ほどのA4用紙をまとめた冊子である。表紙には『弊社商標管理について』とあるが、パラパラ見ても意味が不明だった。

「商標管理ってなんだろう……」

花穂は眉間にしわを刻んで、松村の簡易な指示を思い出す。説明はなかった。

もしかするとこの仕事って、専門的な知識がないとできない何かなんじゃないかな。その知識がこの冊子に書かれていて、これを読んで何かしろってこと？

引き継ぎがひどい、というきわ子の話は正しかった。

こんなふうに適当に仕事を投げられていたら、花穂の前に働いていた派遣社員たちは困ったことだろう。それで間違えても怒られないならまだしも、そのときの松村のご機嫌次第で、ガンガン言われたら堪(たま)ったものではない。

少し前の、松村の機嫌の悪さを思い出し、花穂はぶるりと震える。

でもっ、どうにかしなきゃ！　大丈夫っ。午前中の仕事はきちんとやれたんだから！

自らを励まして、冊子を開いた。

細かな文字が並んだ紙片。それを五ページ読んだところで、頭痛がしてきた。

……日本語が、難しい。

会社の資料とは、どうしてこんなに難しく書くのだろう。なんとなく言っていることはわかるけれど、自分の理解は正しいのだろうか。この資料を読めば、本当にチェック作業ができるようになるのだろうか。

不安な気持ちでいると、ふいに、足元を温かいものが通り過ぎていった。

「みゃあ！」

見上げてくるのは、ブルーの瞳。空のように澄んだ色。

「ミケランジェロ……」

「みゃあああ」

猫語で何か言われても困る。

しかしなぜだろう。花穂は応援されたような気がしたのだった。不思議と心が凪いでゆく。

「ありがとう」

お礼を言った途端、ミケランジェロは飛び跳ねた。——事もあろうに、花穂のデスクに向かって。

「ちょ!!」

待て待て待て！　こんなときに猫の相手までは無理である。しかし猫は自由気ままなもので、花穂のデスクの上でごろりと横になってしまう。

花穂は開いた口がふさがらなかった。

しかし唖然としたのも束の間。さっさと頭を切り替えて、別のデスクに避難する。

猫になんて構っていられない。

戻ってくるまでにやっておけ、と松村は言っていた。いつ戻ってくるかわからない以上、早く資料の内容を読み込んで、早く仕事を終えなければ！

早く、早く、早く!!

そう心が急くときに限って、電話などが鳴るものである。

「高山さん、出てください」

「は、はい！」

守屋に言われて受話器に手を伸ばす花穂は、すでにパニックだ。それなのに三毛猫は呑気に鳴いている。いささか腹立たしいほどに。

電話対応を終えると、花穂は三毛猫を睨む。

「君？　人間は忙しいのよ？」

猫は素知らぬ顔で前足を舐めている。デスクの上でのびのびと体を伸ばし、長いしっぽを弾ませて。

ぱったん、ぱったん。

ぱったん、ぱったん、と。

そのしっぽの下には、花穂のスマホがあった。

「もう……！」

思わずスマホを取り返した花穂は、ふいに動きを止めた。

『卵焼きが美味しかったから、手伝ってあげるわ』

そう励ましてくれた〝彼女〟は、仕事の相談にのると言って、ＬＩＮＥの連絡先の交換を無理やりしていったのを思い出した。

『あなたね、これまでずいぶんと損をして生きてきたんじゃない？』

そんな言葉も蘇る。

……もしかして今って、助けを求めるべきところ？　……いえっ、自分でどうにかしようとすればできる可能性も残っているし、言ってもきっとわからないだろうしっ。

そうう迷っているところに、また電話。これじゃあ、松村の仕事どころではない！

「お電話ありがとうございます。にじ色鉛筆、総務部庶務課、高山です」

努めて電話用の穏やかな声を出しながら、花穂は腹を決める。

また失敗して、松村に怒られるのは嫌だった。それなら、ダメ元でもよく分からないスーパー派遣に助けを求めてみてもいいのではないか。

性格的に、花穂は自分から人に助けを求めるのは苦手だった。誰かが助けてくれるのを待って、ダメそうなら諦める。それが普段の自分だ。

けれどそのときはなぜだろう。そういう気持ちになれたのだった。

花穂は守屋に気づかれないように、こっそりＬＩＮＥを打つ。できる限り丁寧な言葉遣いで、けれど、こちらの状況がしっかり伝わるよう苦心して。

どうか、嫌がられませんように！

祈るような気持ちで、ほとんど初対面の人間にＬＩＮＥを送る。

その後は、ずっとスマホを気にしていた。

本当に連絡して良かったんだろうかとか、そもそも今は仕事中だから見てもらえないかもとか思いながら、ちらちらと見ていた。

五分ほどで既読はついて、

『早速、松村にやられてるの？　あいつ、派遣いじめるの好きよね～』

「……………」

すぐに届いた返信は、花穂が脱力するほどにあっけらかんとしていた。

変な顔をした絵文字のヒツジらしき生き物が、大丈夫？　と首を傾げてはいるが、緊迫感はまるでない。

花穂は助けを求めたことを後悔した。そこに、また一通届く。

『その仕事は、商標チェックね。簡単に言えば、うちの会社のキャラクターを商業利用するにあたって、キャラクターイメージが損なわれないよう事前に決められたルールが守られているかどうかをチェックする仕事。ルールは『弊社商標管理について』に記載されているはず。その資料は手元にある？』

花穂は目を瞬かせる。『あります！』と慌ててLINEを打つ。それに対するきわ子の返信が、また早かった。

『分厚い資料だけどね、実際に読むところはちょっとよ。何人かでチェックをして問題点を探すという、間違い探しみたいな仕事。すでに他の部署のチェックが入っているみたいだから、あなたも同じことを書き込んでおけば問題ないわ』

『ありがとうございます！　冊子を見直して、やってみます』

『あら、ちゃんと仕事してあげるんだ。そんな適当に投げられた仕事、適当に流すくらいでいいと思うんだけどね～』

おそらくそれは、きわ子なりのこちらを気遣う言葉なのだろう。けれど、花穂は与えられた仕事をちゃんと遂行し、やりました！　と胸を張って言いたかった。

そのことをどう角を立てずに伝えようか考えていると、またきわ子からの返信。

『共有フォルダに資料があったから、ちょっと確認してきたわ。一〇ページと二四ページが大事な部分。そこを読んで、それでもわからなかったら連絡して』

あっさりとした文面の後、スタンプ。

『がんばれ！』と変な顔でヒツジさんが笑っている。

「この人……」

花穂も思わず笑ってしまった。

この人、すごくいい人だ。それに、すごく仕事もできる。

自分のつたない説明で、すぐに状況を把握し、わかりやすく回答する。能力値の高さがうかがえた。スーパー派遣というのも、あながち言い過ぎではないのかもしれない。

「よし！」

気合いをいれて、資料を引き寄せる。教えてもらった通りの部分を読むと、さっきまで悩んでいたのが嘘のように、やるべきことが見えた。

花穂は夢中になって仕事をした。

チェックをして、チェックをして、チェックをする。

本当に集中していたので、近くで声をかけられるまで、松村が戻ってきたことに気づけなかった。

「すみません、集中していて……」

「集中？　眠くなって、ぼんやりしてたんじゃないの？　仕事中にぼんやりしているなんて信じられないわ。そんな感じで、私がやっておけって言った仕事、できているのかしら」

花穂はおずおずと、チェックした書類を返す。

松村は意地の悪い笑みを浮かべてそれを受け取り、パラパラとめくった。今度はどんな嫌みを言われるかどきどきしていると、彼女の笑みが崩れる。

「……ああ、最低限だけど、い、一応やったみたいじゃない。……電話は？　それも頼んでいったわよね。ちゃんと、やったの？」

「は、はい！　一応。松村さん宛に、名刺の発注枚数を確認したいと、飯島デザインの飯島様からご連絡いただきました」

「――早く言いなさいよ!!　それは営業連中に頼まれた、急ぎの名刺よ。まったく気が利かないわね！」

松村はそう怒鳴ると、急いで電話をしにデスクに戻る。

……ミッション、クリアっぽい？

花穂はしばしその様子をうかがって――座った瞬間、緊張がとけた。

よ、よかったぁ！　どうにかなったぁぁ。

達成感を覚えながら、スマホを拝んだ。それもこれも全て、きわ子のおかげである。

お礼をしようと、こっそりＬＩＮＥを開く。すると一時間ほど前に、そのきわ子から連絡がきていることに気づいた。

「え。なにこれ……」

花穂は困惑する。

独特な顔のヒツジさんが、ワタワタしている。

本文は端的。

『どうしよう。私、もう生きていけないかも』

それはスーパー派遣からの、ＳＯＳを求める内容だった。

◇◆◇

「ああっ、なんてこと……！」

翌日の昼休み。第六平和公園にて。

木陰のベンチに、花穂と、スーパー派遣と、なぜかミケランジェロまで。

……また不思議なことになっているかも。

花穂はそっとため息をつきながら、キラキラ瞳を輝かせるきわ子を見やる。

彼女の視線を釘付けにしているのは、デザイン性皆無、実用性重視の保存容器──の中に大量に詰められた金色の卵焼き。

「本当に、本当に、食べてもいいの？　これ全部？　私一人で？」

「どうぞどうぞ。昨日は本当に助かったので。本当にありがとうございました」

花穂が若干棒読みでそう返した理由は、昨日のＬＩＮＥである。

『どうしよう。私、もう生きていけないかも』

そんな必死な文章の後に続いた一通に、花穂はずっこけそうになった。

『卵焼きが食べたすぎて。でも自分では作れないから、もう、生きていけない……』

少し前に、まさにスーパー派遣と言わんばかりの仕事の冴えを見せつけられたばかりだったのに。それなのに、そんなことをあどけなく言われた花穂は、嬉しいような、困るような、複雑な気持ちにさせられた。

私より年上の女性なのに、なんだろう。この、高級シャム猫に傍若無人に甘えられるような、なんとも言えない感覚は……

しかし、恩には恩を返せというのが父の教えだった。

帰宅後、花穂が全力で作ったお弁当は、たいそう彼女のお気に召したようである。

ミケランジェロの「我にもひとつないのか？」という熱視線にも気づかず、保存容器を独り占めしている。

見かねた花穂は、自分のお弁当箱から、猫が食べられそうなものを地面に置く。

「みゃあ！」

昨日の豪華弁当に続き、きわ子へのお礼弁当を作ったため、いささか懐が苦しい。

今日の花穂のお弁当はたいへん質素で量も少なめだったが、猫は食べ終わると、もっと寄越せと鳴く。

守屋課長の仕出し弁当をもらいにいきなさい！

言葉に出さずに叱ると、勘のいい三毛猫は諦めた様子で毛づくろいをはじめる。

——なんだろう、このお昼休みは。

自分は一人でぼんやりするのが好きなはずである。

気ままなネコ科動物はあまり好きじゃないのに、と思うが、嬉しそうに花穂が作ったお弁当を頬張る美人を見るのは、そう悪くない気分である。

むずむずとして、落ち着かない感じだ。

「あ!!」

ふいに、きわ子が大きな声をあげる。

「忘れる前に、材料費返さないと!!」

「え？……いえ、大丈夫ですよ。これはお礼なので」

「それじゃあ私がもらいすぎよ。作ってくれたのがお礼であって、材料費を渡すのは筋でしょう。一昨日はお弁当丸ごともらって、昨日だって摘ませてもらっているしね」

図々(ずうずう)しいように見えて、ミケランジェロよりも遥(はる)かに律儀だった。

花穂が困惑していると、きわ子はエメラルドグリーンの長財布から、千円札を一枚取り出す。

「いえ、気にしないでください。本当にこれはお礼なので。昨日は本当に困っていて、とても助かったんです」

「……んー？　でもなぁ、受け取ってくれたほうが、今後、卵焼きを気兼ねなく頼めて、私にとっても都合がいいから」

それだけ食べて、まだ足りないのか。

律儀なのではなく、自分の欲に正直なだけだった。しかし、花穂の都合も考慮にいれてくれていることも察せられた。

こんなに美味しそうに食べてくれるきわ子にお弁当を頼まれたら、また何度でも作ってしまいそうな自分がいる。性格的に自分から材料費を要求するのは苦手だから、ここで受け取っておいたほうが良いはずだった。

でも、本当にこれはお礼のつもりだったし。材料費は次回以降からいただくのでもいい気が……

そんなことを花穂がうだうだ悩んでいると、きわ子は明るく笑った。

「意外と頑固ねぇ。――なら、こうしよう。私がなにか困るようなことがあったら、助けを求める。引き受けるかどうかは任せるけど、そのときは、私の相談を聞いて？」

差し出されている千円札。

花穂はうなずいた。

「承知、いたしました」

やはり彼女のほうが、花穂よりも年上で、ずっと大人なようである。

助けを求めるというが、それは花穂にお金を受け取らせるための方便だろう。

仮に何か頼んできたとしても、無茶な頼みはしてこない。知り合って間もないが、そんな確信が、花穂にはあった。

あれ、なんだろう？　なんだか、ふわふわする。

一瞬、体調が悪いのかと思ったが、そう嫌な気分ではない。

花穂は不思議な感覚に首を傾げていると、きわ子は大きく伸びをした。

「それにしてもっ。仕事がうまくいってよかったわね！　私も、松村をぎゃふんと言わせられたかと思うと、ご飯が美味しい～！　なにかあったらまたＬＩＮＥして！」

花穂は目をパチクリさせた。慌てて、手を振って遠慮する。

「いえいえそんなご迷惑ですから。宝城さんもお仕事中かと思うので、お言葉だけ頂いておきます」

「あら、なあに。私の心配？　あなたのほうが、危うい立場にあるでしょうに」

「それは……」

その通りだった。

昨日思い知った。松村のあの仕事の出し方と、理不尽な怒り方。あれはまずい、と。

あんな引き継ぎでは、派遣も自分から辞めてしまうだろう。

正直、きわ子の申し出は大変ありがたいものではあったのだが、花穂はやはり首を振った。

「でも、大丈夫です。私、派遣ですし。切られてもすぐに次を探せばいいだけなので」

昨日は思わず助けを求めてしまったけれど、人は常に一人だと花穂は知っている。

そして、自分の人生なんてそんなものなのだと諦めてもいた。

「私、あまり仕事運がよくないみたいで。今回は珍しくいい条件の派遣先につけて喜んでいましたけど、やっぱり裏があったなぁ、と。まあそもそも、私みたいなのがこんな高時給の派遣先に、派遣されたのが間違いだった気がしています」

「派遣契約更新を諦めるの？　あなたも逃げる？」

「諦めもよくないんです。自分の力でもどうにかできるよう、一ヶ月頑張ってみようと思います。………それでダメだったら、諦めもつくので。ご心配してくださって、ありがとうございます」

花穂は深々とお辞儀をする。くすっと笑い声が聞こえた。

「人に、助けを求めるのが苦手なのね。周りを巻き込んで、足掻(あが)いてみてもいいのに」

「………」

「でも、勘違いしないで。こっちには、しっかり打算もあるから」

「……打算、ですか？」

「当然でしょう？　私のお時給は、あなたよりも高いのよ。その私が一つ仕事を教えたら、その翌日、私に卵焼きを作ってくること。材料費は出すけどね？　これはｗｉｎ－ｗｉｎの取り引きよ」

花穂は言葉を失った。まじまじと、きわ子を見つめる。

——こんな、派遣社員がいるなんて。

また、ふわふわしてくる。ふわふわ、ふわふわ。

ふいに、花穂は己の気持ちに気づく。これは——嬉しいという感情だと。

派遣は孤独である。孤独な放浪者だ。

何かのきっかけですぐに切り捨てられるから、本当の意味で助け合えるような仲間とか、相談事ができる人なんて作れない。作ってもすぐに別れがあるから、花穂は人間関係の形成に力を注ぐなんて馬鹿らしくなっている。

頼れるのは自分のみだ。

そんな中で、仕事は完璧でなければ切られるし、嫌われても切られる。

職場の人に弱みを見せられないから、常に緊張している。それがこれまでの花穂の派遣人生だった。

けれど、花穂とはまったく考え方の違う派遣社員が目の前にいる。

雇用形態で差をつけず、正社員相手でも間違っていれば馬鹿にするし、助けても何の得にもならない派遣社員に力を貸す。

花穂も、きわ子につられて微笑んだ。

「本当に、私の卵焼きが好きなんですね」

「ええ。そして、松村が嫌い。あなたを一人前にできれば、間接的に嫌がらせができる。

美味しいものも食べられる。最高じゃない？」

ふふ、ときわ子は笑っている。

お腹(なか)がいっぱいになって満足そうに笑う猫のように。

花穂はふと思ってしまった。

また明日も、この人といっしょにお弁当を食べれたらな、と。

仕事先でそんな相手ができるなんて、今まで考えたこともなかったけれど、

「では、改めまして。ご指導ご鞭撻(べんたつ)のほど、何卒(なにとぞ)よろしくお願い申し上げます」

そうして、契約は結ばれる。

◇◆◇

総務部庶務課の仕事は、驚くほどに多種多様である。

人手が足りない部署の手伝いにいったり、いろんな部署の、ちょっとした頼まれごとが持ち込まれたり。庶務課の仕事もあるのだが、それ以上に、その日その日の飛び込み仕事が多かった。

毎日違う仕事を投げられるので、花穂の一日はあっという間に過ぎていった。それでも二週間もすると、午前中に関してはペース配分ができるようになっていた。

まず、朝一で食券の集計。会社全員分の仕出し弁当の注文。仕出し弁当の到着を待つ間に、守屋から雑務をもらって処理をする。何もないときは掃除だ。

今日はようやく、初日から気になっていた『総務部庶務課』の汚れたプレートを水拭きできて、花穂は満足である。

今日の午後はなにをやらされるんだろう……？

松村に仕事を投げられるのは、いつも午後だった。今のところ、同じ仕事を任されたことはない。

なにかのイベントで使うと思われるグッズのシール貼りであったり、クレジットカード会社の明細とレシートをチェックさせられたり、会議用の資料を綺麗に折って、ホッチキスで留めていったり。段ボール三箱分の資料をファイリングさせられたり。

本当に雑用ばかりである。

しかし問題なのは、松村が適当に仕事を投げてくるので、仕事の解読が必要になるということだ。

五分説明してくれれば問題なくこなせる仕事なのに、と何度そう思ったことか。

ただ花穂は幸運なことに、きわ子と出会った。こっそり仕事を教えてもらえる。

二週間たった今、花穂は本当にすごい人を味方につけたことをひしひしと感じていた。

これまで四度仕事の相談をしたが、毎回すぐに的確な助言をしてくれるのだ。自分のL

ＩＮＥの拙い説明で、まるで花穂の状況が見えているかのように。

到底、一介の派遣が持ちえぬスキルだった。正社員でも難しい気がする。

あの人、どういう経歴の持ち主なんだろう。

花穂は美味しそうに卵焼きを頬ばる美人を思い浮かべながら、ほうじ茶を一口。

そのとき午後の勤務開始の鐘が鳴って、松村がやってきた。顔を見るなり、花穂の背筋がぴんと伸びる。

……今日も機嫌が悪そう。どうか、どうか、お手柔らかにお願いいたします。

お昼休みに何かあるのか、午後の松村は機嫌が悪いことが多かった。最近は日増しに機嫌の悪さがひどくなっていき、それに比例するかのように指示出しが雑になっていく。

もともとが雑だというのに。

仕事にプライベートを持ち込まないでいただきたいものだと思うが、それを言ったら、とんでもないことになるだろう。

悟りの境地で微笑みを維持していた花穂に、本日の仕事が投げられる。

「これをチェック！」

「………………」

ドンッと、Ａ４ファイルが四つ置かれる。

願い届かず、今日の仕事の指示出しは、過去最高に荒かった。

「私が帰ってくるまでにちゃんとやっておいてよ!!」

これの何を見て、何をチェックしていけば？　と言いたいが、言えない。

「……はい」

守屋のほうをちらりと見ると、彼に視線を外される。最近気づいたが、どうやら黙認しているらしい。

花穂は苦笑しながら、チェックに入る。ファイルの一ページ目にたいへん控えめに指示書らしきものが添付されていたが——よくわからない。

五分一人で頑張って、結局、こっそりスマホを取り出した。

明日は、きわ子さんとお弁当コースかなぁ。三日ぶりにお会いできるのは嬉しいな。卵、たくさん買って帰らないとっ。

花穂の派遣人生は、ずっと孤独だった。

そこにスーパー派遣が現れた。力強く応援してくれる。

きっと一人だったら、この状況に心が折れていただろう。

頼れる仕事仲間がいるというのは本当に心強いと知った今、松村や守屋との関係性は良くなくとも、今回の派遣の更新はどうにかなる気がしていた。

——楽観的に、そう思っていた。

◇◆◇

花穂の出社は早い。

松村に叱られてから、もう二度と同じ指摘をされないよう、定時の三十分前に席につくようにしている。

いつも余裕で一番乗りだ。しかしその朝は、すでに人影があった。

「おはよう」

花穂の頬は引きつった。松村と遭遇し、その場で頭をさげる。

「す、すみませんっ。先に出社できておらず！」

「ああ……」

その後に来るのは、どんな罵詈（ばり）雑言か。身構えていた花穂に降りそそがれる言葉、それは——

「まだ定時前じゃない。もっとゆっくりの出社でいいのよ？」

「…………」

花穂は己の耳を疑った。次に、目の前の人物が本当に松村なのかと、己の目を疑った。

パッパツの制服を着た、化粧の濃い女性社員は松村美寿穂、その人にしか見えない。ただ、今まで見たことがないほど嬉しそうに笑っている。

「……は、はい、ありがとうございます。キヲツケマス」

花穂は内心の慄きを抑えながら、自分のデスクへと向かう。

なんだろう、すごく機嫌がいい。なにがあったんだろう。でも恐い。逆に恐い恐い。

機嫌が悪いと大変なのだから、きっと今日の仕事はスムーズに進む。それはいいことのはずなのに、弱気な花穂の心は不安で震えていた。

松村をちらちら確認しながら、普段通りに仕事の準備をして、心を落ち着かせようと試みる。

機嫌がいいのが恐いなんて、私、ネガティブすぎるかも。物事はポジティブにとらえないと、どんどんネガティブが集まってきちゃうじゃない？　そうよ！　きっと、今日は私にとってよい日。……そして、明日はもっとよい日に、したい。

明日は派遣の面談を控えていた。

花穂がこの部署で頑張ったことが、どう評価されるか聞かされる日。

派遣契約の継続か、契約満了という形のクビ宣告か。

目を閉じて、深々と息を吐き出す。鼻から息を吸い込んで、両手を握りしめる。

今日も頑張ろう。

できるのはそれだけだ。今日を頑張る。その、積み重ねだ。
仕事開始の鐘が鳴る。まずメールのチェックから取りかかる。
いつものように、松村から朝の仕事が投げられた。
食券の集計だ。
いつものように、ただ淡々と。花穂は仕事をこなしていく。
ただ淡々と、今日を終わらせたかった。
……なん、で？
小さな違和感に、花穂は机の上の食券をもう一度見直す。
違和感は確信となり、言いようのない不安へと転がってゆく。
あるはずの、きわ子の食券がなかった。

◇◆◇

基本的に、きわ子は毎日、仕出し弁当を注文する。

花穂は食券の集計をするとき、きわ子が今日は何を頼んだのかチェックするのが、ひそかな楽しみだった。

注文をしない日は、花穂が仕事のお礼に、卵焼きを用意している日だけだ。

今日は卵焼きを用意していない。それなのに、なぜ食券がないのだろう。

きわ子さん、お休みをされているとか？

昨日、いっしょにお弁当を食べたときには、そんな話はしなかった。

花穂はこっそり、スマホに指を滑らせる。

『おはようございます。今日って、お休みされてますか？　お弁当の注文をされていないようですが……』

LINEの既読はすぐについた。

いつもの独特な顔のヒツジさんのスタンプが返ってくる。笑っているような顔に見えたが、返信は不穏だった。

『連絡ありがとう。蹴飛ばしにいく♪』

……一体、なにを？

「守屋課長、今日はいいお天気ですね〜」

ご機嫌な松村の声を聞きながら、スマホを見下ろす。花穂はじっとりと手に汗をかいていた。

『すみません！　私の勘違いでした。今もう一度確認したら、きわ子さんのお弁当の注文はされていましたっ‼』

『あら、そうなの。私はてっきり』

慌てて打った嘘のLINEに対して、きわ子からしょんぼりしたヒツジさんが返ってくる。花穂は表情を強張らせたまま、さらに文字を入力。

『お騒がせしました。お仕事中に申し訳ありませんでした』

気にしてないわ、ときわ子は答えて、LINEは終わった。

最悪の事態は回避できたと、花穂はほっと息をつく。

が、問題はなにも解決していないのだと、集計表を前にして頭を抱えた。

ど、どうして、きわ子さんの食券だけないの……!?

仕出し弁当の注文締め切り時間まであと、二十分！

集計は終わっているが、この通りに注文したら、きわ子のお弁当発注はまた漏れてしまう。さすれば、怒りのきわ子様の降臨だ。

あ、いやでもっ！

花穂は、今までのきわ子のお弁当注文の傾向を思い出す。

きわ子は幕の内弁当か、B定食しか頼まない。

その理由は明快だ。この二つにしか、厚焼き卵焼きは入っていないのである。

問題は、きわ子が本日どちらを頼んでいるか、だが。

両方頼んでおいて食堂に置いておけば、きわ子が正しいほうを持っていくだろう。残った一つを回収すればオールクリアだ。

花穂は集計表の幕の内弁当とB定食の『正』の棒を、一つずつ増やす。増やしてから

――そのやり方は正しい？　あなたが損をするわよね？　という言葉が聞こえた気がした。

お弁当二つ分のお金は、花穂のわびしいお財布から出るのである。

でも、これで帳尻は合うんです！　それに明日は派遣の面談なんです。今、問題を起こすわけにはいかないんです。

心の中で言い訳をしていると、声がかかった。

「高山さぁぁん、そろそろ仕出し弁当の発注をしないと怒られるわよ～！」

ご機嫌な声。これから起こることを楽しみにしている声のように、聞こえた。

……きわ子さんの考え過ぎだと思ってた。さすがに仕事でそんな馬鹿なことしないだろうって。でも、本当に、松村さんが食券を？

そう思った、思ってしまった瞬間。

花穂の中でモヤモヤした感情が、形をもって暴れ出す。

今までずっと我慢していた。笑顔で、すべてをやり過ごしていた。でももう！

「ねえ、高山さん！　聞こえてる～～～！」

なんで、こんな人のために、ここまで気を遣わないといけないの!?

花穂は立ち上がる。

正しいやり方は、彼女に問うことだ。食券が一枚足りないようですが、と。

……言うんだ、自分！

「どうしたの？　注文しないの？　毎日やってる仕事でわからないってことはないでしょう？」

松村の前まで来ると、心が震えた。守屋は二人をただ見ている。見ているだけである。

「それなんですが」

花穂は大きく息を吸い込む。

「毎日、お弁当を注文されている方の食券が見当たらないようです。以前、発注ミスがあったとクレームがあったため、念のため食券をさがそうと思うのですが、松村さんもご協力いただけないでしょうか？」

「…………はい？」

目の前で、松村の笑顔が凍り付いた。花穂は我に返る。

やってしまった……！

「――ど、どういう意味！　それは、私が食券をどこかに落としてきたとか、そういうふうに言いたいわけ⁉」

「いえ、あの……」

「私がミスをするわけないでしょ⁉　あんたみたいな派遣じゃあるまいしっ。そんな箱に入った食券を落としてくるとかありえないのよっ!!」

　上機嫌から一転、般若（はんにゃ）のごとき鬼の形相で怒り出し、花穂の心臓は縮み上がった。ぶわっと頭が熱くなって、涙が出そうになる。

「す、すみません！　わ、私の思い違いでした。私のほうで紛れているのだと思いますっ。よく確認してみます!!」

　恐怖から、自分のデスクへと逃げ出す。

「ふざけてるの!?　ちゃんと確認してから声かけなさいよ!!」

　しかし激しい罵倒と、ドスドスという足音。こちらに近づいてくる。花穂は胸に両手をあてて、硬直する。

　まずいまずいっ、やらかした！

「前から言おうと思っていたけど、あんた馬鹿じゃないの!?」

「あらぁ、馬鹿っていう人が馬鹿なのよ？　ねぇ、ミケランジェロ？」

　そこに場違いなほど涼やかな声が落ちる。

「っ………！」

　花穂は振り返った。気ままな三毛猫をたずさえて優雅に微笑（ほほえ）むのは、さらなる爆弾。

　き、きわ子さん、どうしてここに！

　突然現れたきわ子は、周りの視線をあびながら悠然と歩き、花穂と松村のところで足を止める。

「松村さん、みっともないわ。外まで声が聞こえていましてよ？　——守屋課長、人事の子に頼まれて、書類をお持ちしました。ご確認いただけます？」

松村の顔つきが凄(すご)みを帯びて、花穂は息を呑(の)む。しかし、逃げてください！　と言う前に、松村は妙に甲高い声をあげた。

「ごぉぉめんなさいねぇぇ。ちょっと新人教育に力が入って！　ほら、私、仕事熱心だから？　それより宝城さんは、今は、人事のパシリみたいなことをなさるのね〜？　この部署にいた頃は、絶対に残業をせず、こっちの仕事を手伝うこともしなかったと思っていたけれどぉ？」

「ええ。私、無能で自分の仕事もこなせない人は甘やかさない主義ですの。でも、人事課の子たちはいつも気持ちよく仕事をしているから、頼まれたら手助けくらいするわ」

「無能って、誰のことかしらぁ？」

「誰のことだと思いますぅ？」

きわ子も松村も笑顔だ。

しかしその笑顔が、花穂にはとても恐く感じた。バチバチッと、火花が散っている。

……この二人って、どういうご関係なのかしら。

きわ子が、この部署にいたというのも初耳だった。だから仕事の指示を出せたのだと納得したが、今はそんな悠長なことを考えている余裕はなかった。

守屋が胃を押さえるほどの緊迫感の中で、先に動いたのはきわ子だった。

「それより、さっき食券がどうとか聞こえました。〝また〟発注ミスですか？　本当に雑な仕事をされてますよね、こちらは。私は、もう信用できなくて――」

きわ子は言葉を止めると、得意げに、自分のスマホの画面を見せた。

「毎日、食券を箱にいれるとき、その写真を撮るようにしているんです♪」

「……へえええ、そうなの～！」

「ええ、なんだか疑うようなことをしてごめんなさいね。今日も仕出し弁当をお願いしているので、どうぞよろしくお願いいたします。……あら？」

きわ子は花穂に視線を転じる。

「なにか、言いたい顔ですね。たしか、新人の派遣さんだったかしら？　問題でも？」

「……え、え、えーと」

きわ子は、花穂との関係を隠して声をかけてきた。それは、そのほうが都合がいいということなのだろう。

松村に睨（にら）まれているのをひしひしと感じながら、花穂は口を開く。

「それが、広報課の宝城さんの食券が見当たらないんです」と。

――その瞬間、室内の空気が凍り付いた。

きわ子はゆったりと両腕を組む。

「あら〜？　それは私のことですね。気づいてくれてありがとう。私の食券がまたなくなりましたか。これで、何度目ですかね？　守屋課長？」

「それはっ……」

ふふ、ときわ子は笑顔。笑顔で、守屋のもとへと歩む。

しかし書類を渡すとき、きわ子は一体どんな表情をしていたのだろう。

花穂からは死角となって見えなかったが、きわ子は不自然なまでに守屋に顔を近づけた、と思うと、守屋は顔面蒼白(そうはく)となった。

「き、きわ子くんそれは⁉」

「さて。それでは、落とし前つけさせていただきます」

オトシマエ？

聞き慣れぬ響きに花穂が首を傾(かし)げると、きわ子は「ぱぁぁぁん！」と両手を打ち鳴らした。

「皆さま！　仕出し弁当の発注締め切り時間まで、あと三分です。三分以内に、私の食券を見つけましょう！」

急に仕切り始めたきわ子を前に、頭を抱える守屋と、啞然(あぜん)とする花穂。松村は苦虫を一〇〇匹嚙(か)みつぶしたような顔で、小さく呟(つぶや)いた。

「だから嫌いなのよ、この女」

その呟きはとても小さいもので、聞こえたのはすぐそばにいた花穂だけだろう。しかし、きわ子はそれに反応するかのように振り返り、まっすぐ松村のもとへと向かう。

「松村さん、なにか？」

「あ、ああ……食券のことよ！　ほら？　そこにいる派遣がどうもなくしたみたい。この間もなくしたらしいわ。ほんとっ、『派遣』って使えないからぁぁ!!」

「なっ！」

とんだ言いがかりだと花穂は瞠目する。しかし、松村の一睨みで心は萎えていった。

使えない派遣ってひどい……！　でも……そうかもしれない。きわ子さんの助言がなかったらこちらのお仕事はちゃんとできなかった。今までもさんざん、いろんな派遣先から切られているし。貴也にも……仕事できないって言われたし。

沈んでいく花穂をちらりと見て、きわ子は口を開く。

「そう、みたいですね。こちらは、派遣さんが続かなくて困っていると、人事課の川田係長もぼやいてましたわ」

「使える派遣をいれてほしいものよね？」

「私みたいな？」

「……………」

自信満々な物言いに、松村が鼻白んだように口を閉ざす。

きわ子は意味深な目つきで、ミケランジェロを見下ろした。三毛猫はヒクヒクと鼻を動かして、松村を見ている。

「使えない派遣という、松村さんの考えは、いささか心得違いでしょう」

凛（りん）とした、きわ子の声。

うつむいていた花穂は、ゆっくり顔をあげる。

「新しく入ってきた者を仕事で使えるようにするのは、その職場にもともといた人間の務めでしょう。相手が派遣であっても仕事の引き継ぎがしっかりしていれば、人事課が困るようなことが起きないのでは？　要するに、引き継ぎがダメダメな可能性が高いかと。この件に関しまして、守屋課長は、どのようにお考えですか？」

「いやっ、僕は！」

「そろそろ、まずい状況なようですよ？」

「――ちょっと、私の引き継ぎがダメダメって！　他部署の、それも派遣ふぜいが知ったような口を聞かないでちょうだい!!」

松村は太めの体を怒りで揺らし、食ってかかる。

きわ子は憐（あわ）れむような目で、松村を見下ろした。

「悪行は耳に入っておりますので――ミケ！」

名を呼ばれた瞬間、三毛猫は走った。たっと地面を蹴ると、松村の腰にタックルする。

「きゃあ!!」

予想もつかない動きに身構えていなかった松村は、その場で尻餅をつく。

「み、ミケランジェロ!?」

「なんなのよ、このくそ猫！」

しかし猫は非難などまるで気にしない。猫だからだ。松村の腰骨あたりを、カリカリと前足で引っ掻く。

「みゃあああん！」

「そう。そこなの。——失礼？」

きわ子ひとりが冷静に、三毛猫を松村から引き離すと、そのまま松村の腰——制服のポケットに手を入れる。

「あ！　やめなさい!!　触るなっ」

一体なにごとだろう。

花穂が目を白黒させていると、暴れる松村を押さえていたきわ子が、ふいに高々と片手をあげた。

「はい、見つかりました！」

「……え、それって」

呆然としている花穂に、それが渡される。

まごうことなく、きわ子の名が書かれた食券だった。

「今日は、B定食でお願いします」

きわ子はにっこりと笑う。

花穂は言葉も出ない。そんな花穂に檄が飛ぶ。

「さっさと発注！　時間厳守!!」

「は、はい!!」

花穂が慌てて電話の受話器を取ると、きわ子は用がすんだとばかりに踵を返す。

けれど出て行くとき、くるりと振り返った。いたずらっぽい笑みで、

「派遣のせいにして、私の食券を隠していたなんて最低です。人事課に報告されたくなかったら、もう少し、その無能っぷりと性格の悪さ、改めてくださいね？」

バタンと、扉が閉まる。

次の瞬間、今まで聞いたこともない松村の悲鳴があがった。

◇◆◇

——その後は大変だった。

松村はおいおいと泣き出して、きわ子を非難しはじめたのだ。真っ赤な顔で、ありとあらゆる暴言を吐き散らして同情を引こうとしたが、花穂も、守屋もそれを全てスルーした。

しかしそれが一時間も続くものだから、守屋は深いため息を吐き出した。

「松村くん、いい加減にしなさい」

普段穏やかな課長が珍しくきつく言うものだから、今度は猫なで声で妙な言い訳をはじめる始末である。

……なぜだろう。派遣の花穂にさえも、松村は媚(こ)びを売ってきた。

「高山さん、いつも助かってるのよ、ありがとう。本当に、あなたちゃんと仕事をしてくれてるわよねぇぇ？」

守屋に叱られて、さすがに少しは反省したらしい。

そう思った花穂は数秒後、己の甘さを知る。

「ねぇえ？　朝のことだけど、誰にも言わないでちょうだいね？」

「はあ……」

ここまで自分本位だと、いっそ天晴(あっぱ)れである。

このことを人に話してどうなるかよく分からないけれど、花穂も面倒くさくなっていたので承知した。

こっちは仕事で忙しいのである。

翌日の十五時に、予定通り派遣の面談があった。

正直、昨日のことがなにか影響してはいないかとヒヤヒヤしていたが、その話は矢口(やぐち)からは出なかった。なので花穂も黙っていた。

――そして、派遣契約は更新されたのである。

「よし！」

花穂は小さくガッツポーズをした。

部署に戻ると、松村はどこかの助っ人(すけっと)に行ったのかいなくなっていて、守屋が花穂に近づいてきた。

「今まですまなかったね」

「いえ」

「こまめに働いてくれて、助かってるよ。もう少し、どうにかしていくから」

守屋は疲れた表情でため息をついていた。花穂は苦笑した。

『昨日、きわ子さんになにを耳打ちされたんですか？』

と聞きたい気持ちは抑え込み、花穂は派遣社員らしく慎(つつ)ましげに申し出る。

「こちらこそ、いつもありがとうございます。お茶をお淹(い)れしますね」

「ああ、お願いするよ」

「はい！」

花穂は給湯室へと歩き出す。課長がぼやく声が聞こえてくる。

「それにしても、きわ子くんの一喝はきくなぁ」

本当に！

花穂は思わず笑顔になって、小さくうなずく。ちょうどそのとき、すまし顔の三毛猫が花穂の足下を通り過ぎていったのだった。

第三話　開発課エースは掃除ができない！

「きわ子さん！　私、派遣契約が無事、延長されたんです！　きわ子さんのおかげだと思ってます。それで！　……その。ご迷惑じゃなかったら、晩ご飯を奢らせていただけないでしょうか？」

「あらぁ？」

お昼休みのひととき。子供のように卵焼きを頬張りながら、きわ子は首を傾げる。ちょっとだけ困った様子で、

「お誘いは本当に嬉しいんだけど、私、夜は……早く帰って眠りたいからっ。ごめんね！」

「…………」

きわ子さんみたいな、パワフルな人が早く帰って寝たいって……？

――これが、花穂がきわ子に感じたはじめての違和感だった。

◇◆◇

『新しい仕事、そろそろ落ち着いただろ。まさか、速効クビになってないよなw
今度はシャトーブリアンもっていってやるよ。知ってるか、シャトーブリアン？』

そんなＬＩＮＥが貴也(たかや)から届いたのは、ずいぶん涼しくなって衣替えを考える秋のことだった。

――速効クビになってないよなw
何気ない一言が地味に刺さる。バイブ音に気づいて慌ててＬＩＮＥを開いたが、無視すればよかった、と花穂は後悔した。

しかし、後悔とは先に立たずだ。既読をつけてしまった以上、性格的にスルーできない。

『仕事はだいぶ慣れてきたよ。速効クビはまぬがれましたw　シャトーブリアン、最近よく聞くね。でも高いだろうから、遠慮しておきます。忙しいだろうし。気を遣ってくれて、ありがとう』

当たり障りがないよう断りの返信をし、ちゃぶ台にスマホを置く。

気を取り直して台所に戻ると、艶(つや)やかな紫紺の粒たちが、花穂を今か今かと待っている。

昨日、実家から巨峰が届いた。

そのまま食べても十分美味しいが、派遣契約延長のご褒美がまだだったので、コーンフレークと生クリーム、それにバニラアイスを買ってきた。

以前百均で見つけた、アンティークもどきのガラスの器にトッピングすれば、それはそれは美味しそうな巨峰のパフェに！

シュンシュンとヤカンが湯気を立てている。熱々のほうじ茶をいれ、横に添える。

「うん！　お店みたいっ」

湧いてくる、わくわくとした気持ち。

日曜の夜、花穂は一人悦に入る。

記念に残したくなって、スマホを取りに行く。写真を撮っていると、また貴也からLINEが届いた。

『確かに今、忙しいんだよなぁ。でも二週間後には一山こえると思うから。その頃にはまた連絡するわー！　シャトーブリアン楽しみにしてろよ？』

「………………」

読むなり、げんなりした。

断ったつもりが、すっかり承諾したようになっている。

「ふふ～」

花穂はしばらくスマホを睨み、仕方なく了解のLINEスタンプを送った。

「なんかなぁ……」

ため息をついていると、巨峰の上でアイスが溶け始めていることに気づいた。

慌てて、スプーンで一口。

「おいしいっ、我ながらいい出来！　でも……」

さっきまでの楽しい気持ちがしぼんでいる。パフェの魔法は解けてしまっていた。

◇◆◇

こういうところが自分のダメなところなのだろう。

翌朝、花穂はしみじみとそう思った。

強気でこられると流されて、自分の気持ちをハッキリ言えない。日本人らしいといえばらしいけれど、今は主張の時代である。

きわ子さんの半分でも、そういうことができたらなぁ。

あの、食券事件から二週間がたった。

食券を高々とかかげたきわ子の姿は、月日がたっても色鮮やかに脳裏に蘇る。

ずっと雇用形態が派遣だから気弱で、自分に自信を持てないのだと思っていた。が、自信満々な派遣が身近にいる。

——一体、きわ子の自信の源はなんなのだろう。

「やっぱり、仕事ができるというのが強いのかしら」

きわ子は正社員よりも優秀な派遣社員として、社内では有名だった。そう教えてくれたのは守屋である。

『はじめは、うちに派遣されてきたんですよ。でも、うちではとうてい収まりきらないスキルの持ち主でね。あっという間に他の部署に引き抜かれていきました』

こっそりと。松村が不在時に、お茶を飲みながら守屋は語った。

『松村くんは、きわ子くんは残業はしないし、自分の仕事を一切手伝おうとしないと嫌ってますけどね。たしかにその通りで、多少、問題のある人ですが、彼女がうちの部署にいた頃は楽でしたよ』

『楽、ですか？』

『松村くんの五倍仕事をしてくれたので。それに仕事だけじゃなくて、こうね。その場のよどんだ空気を一掃するような影響力があって。そういう人は貴重なんです』

そこまで話すと、守屋は急に渋い顔になる。足下にいたミケランジェロを抱き寄せた。

『ああいうことは二度とごめんですがっ。——ねぇ、ミケ？　恐かったよね～』

『…………』

きわ子といっしょになって食券をさがした三毛猫は、愛想良く『みゃあ！』と鳴いた。

『人事課は再三、彼女に正社員になることを勧めているようです。そのほうが残業もさせられますし、あんまり自由に動かれるよりはねぇ。僕もその方がいいと思うんですが……』

いまだにきわ子が派遣であるということは、正社員登用を断り続けているのだろう。

花穂からすればありえなかった。

「きわ子さん、なんで派遣でいようとするんだろう？　……まさか、残業したくないから？」

最近、お礼がしたくて晩ご飯に誘ったら断られた。夜は早く寝たいという理由で。

きわ子は独身である。結婚指輪をしていない。

あれだけ美人で、仕事もできてカッコよければ、引く手あまただろうに。以前、松村がきわ子をバイクで送り迎えする若い男性がいると言っていたから、恋人はいるのかもしれないが……

感情があけっぴろげで気づかなかったけど、謎が多い人かもなぁ。

そんなことを考えていると、松村が入ってきた。花穂は背筋を伸ばす。

「おはようございます！」

「……朝から、大きな声ださないでよ。うるさいわね～！」

松村は煙たそうに花穂を扱うが、その声の響きは以前よりもずいぶん柔らかい。

食券事件の解決から、花穂を取り巻く状況は一変した。

松村は必要以上にきつく花穂にあたることはなくなったし、仕事も以前よりは丁寧に教えてくれる。あまりうまい教え方ではないがちゃんと教えようとしてくれるので、花穂も松村に質問できるようになった。

そしてもう一つ、大きな変化は、

「あらぁ、小門っち。今日もこっちにいるの?」

いつも他部署の手伝いにいっていた男性社員が、こちらに顔を見せるようになった。

小門将門。

色白で、細目の若者を守屋から紹介されたのは、新たに三ヶ月の派遣契約が延長され、その新しい契約一日目のことだった。

入社二年目。

パソコンと数字にめっぽう強い、東大ご卒業者。非常に非常に優秀だということを、花穂は守屋から聞かされた。全ての情報は、本人ではなく守屋が教えてくれた。

——この時点で、花穂は、守屋はある意味すごい人なのかもしれないと思った。

小門は挨拶をすると、軽く会釈をしてくれる。お茶を淹れると、深々と頭をさげる。礼儀正しい青年ではあったが、花穂はまだ小門の声を聞いたことがなかった。今も松村に声をかけられているのに、華麗にスルーをしている。

『彼は少し内気なところがありまして。そのうち慣れてくると思います』

会社の問題児の保育園と評される総務部庶務課は、本当にみな個性豊からしい。そのメンバーを統べる守屋はある意味すごいのだろう。

「みなさん、おはようございます」

そんな守屋課長は、就業開始三分前にやってきた。

珍しいことである。

花穂よりは遅い出社だが、松村よりもずっと早く出社して、デスクでのんびりしているのが普段の彼である。しかも今朝はなんとなく顔色も優れないように見えた。

具合でも、悪いのかしら……？

涼しくなって、夏の疲れがそろそろ出る頃である。心配してうかがっていると、守屋は口火を切った。

「仕事をはじめる前に、ご報告があります」

重々しい響き。深い深いため息をついてから、課長は言った。

「たいへん申し訳ないのですが、開発課がまた凄いことになっているようです……」

「え!!」

真っ先に反応したのは、松村だった。嫌悪感で顔を引きつらせて、我が身を守るように太い胴に腕を巻き付ける。

「嫌です！　断ってくださいっ」

出てきた声は悲鳴だ。しかし松村のヒステリーは珍しくないので、花穂はこのときはまだまったりと眺めていた。が、

「……俺も、お断りしたいです」

高めの男性の声が聞こえた。

聞き覚えのない声に花穂が視線を巡らせると、小門が片手をあげている。

──喋らなかった人が、喋った！

花穂は驚嘆した。同時に、なにかとんでもないことが起きようとしているのではないかと気づき、固唾を呑む。

小門はさらに言う。

「業者を呼ぶべきです」

「問題が多いため認められません」

「機密情報とか、そんなのどうでもいいでしょう!?」

松村も加勢するが、守屋は一歩も引かなかった。

「なにより、我が社の体面があって許可が下りないのです」

「それは！　うちに押しつけられるから、そんなことを言えるんですっ。守屋課長がもっ

とビシッと言ってくだされば」

「それに関しては本当に申し訳ありませんっ。しかし！　よろしくお願いします!!」

守屋はビシッと、松村に言った。彼女は泣きそうな顔で唸り出す。

ううう、ううう、と。

唸りながら頭を抱え、天を仰いで右へ、左へと。体を揺すっていた彼女と、花穂は目が合った。合ってしまった。

「あ！　そうよ!!」

松村は花穂を見て嬉しそうに笑った。背筋がゾクッとする。

「そうよそうよっ。この子がいるじゃない！　生け贄にはこの子を捧げれば……と、なんでもないわ！」

――い、生け贄って言われた……！

最近、ずいぶんと穏やかな日常を送れてきたが、どうやらそれとはしばしお別れらしい。

恐れはあった。

けれど、きわ子の色鮮やかな笑みが思い出される。

花穂は顔を引きつらせながら尋ねる。

「あの。今、一体どういう状況なんでしょうか？」

◇◆◇

株式会社にじ色鉛筆は、その名の通り、色鉛筆を主力商品としている文房具メーカーである。

花穂は普段、地下にこもって雑務ばかりしているので、何かを作っている会社で働いている実感というものは薄い。

それでも、エントランスには製品製作に対する社長のお言葉が飾ってあるし、文房具メーカーに入社してくる人間は、文房具製作に関わりたいと思う人が多いのだろうな、とイメージはしている。

『開発課』

問題の部署は、この会社の新しいヒット製品を最前線で生み出している課だ。

その課が大変なことになっていると、守屋が言うものだから、どんな無茶な仕事を振られるのだろうと思っていた。

よくよく聞いてみれば、それは雑務を放り投げられている『総務部庶務課』にふさわしい仕事内容だった。

——掃除である。

思わず聞き直してしまったが、本当にただの掃除らしい。しかし庶務課メンバーのあの嫌がりようは一体なにごとか。

まあ、行ってみればわかる、かな。

午後一時。

花穂はエレベーターに乗ると、9階のボタンを押す。エレベーターはガラス張りで、澄んだ青空が見えた。

花穂はぼんやり外を眺めながら、きわ子の言葉を思い出していた。

『人に、助けを求めるのが苦手なのね。周りを巻き込んで、足掻（あが）いてみてもいいのに』

そう言われたとき、ドキリとした。

自分は自分なりに頑張ってきたつもりだった。けれど、周りを巻き込んでまで足掻こうなんて思ったことはなかった。

不満を抱いたまま周りにいい顔をして、切られることに慣れていたように感じる。

「私ももっと……頑張りたい」

最近は仕事で困ることがなくなり、きわ子に会えていない。それでも以前よりも気持ちが前向きだった。

はじめて降りるフロアで、花穂は顔をあげる。気弱な心を押さえ込み、姿勢よく歩いて行く。

『開発課』のプレートはすぐに見えてきた。

広々としたスペースに、四人の人間が忙しそうに働いている。作業服の男性が三人に、花穂と同じ会社制服の女性が一人だ。

「お仕事中、失礼いたします。総務部庶務課の高山(たかやま)です」

みな、花穂に気づく。

小走りでやってきたのは、栗色(くりいろ)のふわふわした髪の女性だった。

「ああ、お待ちしておりました！　お忙しいところ、毎度、毎度、すみませんっ。私ではもうどうにもできなくなっていて……！」

「美世(みよ)ちゃん、いいよ！　そんなにあらたまった対応しなくて。どうせ、庶務課だから。暇だからっ！」

花穂がなにか言う前に、ぞんざいに遮られた。

四十代後半。我の強そうな眉の太い男性社員が、パソコン画面を睨(にら)みながら大声で言ってくる。

「悪いけど、さっさとはじめてくれる？　うちのエースの部屋の掃除。異臭がしてきてて」

居丈高な態度に、花穂はピンときた。松村があんなに嫌がっていたのは、この男性が原因なのではなかろうかと。

総務部庶務課は、社内の最下層だ。ではヒエラルキーのトップがどこかと言えば、ここ、開発課。

身分差は大きく、見下されているような気がした。

うちも別に暇ではないんですけどね？　と言いたいけれど言えない。……なんというか、雰囲気がよろしくない課だった。

しかしこれが、みんなが嫌がる理由なら、さらっと流せばいいと花穂は思った。こういうタイプの相手は、貴也で慣れている。

「かしこまりました。すぐ作業に移らせていただきます」

深々と頭をさげると、開発課の女性は慌てた様子で言った。

「こちらになりますっ。私、ご案内します！」

「あ、はい！　……え、そっちですか？」

彼女は花穂が入ってきたドアから出て行ってしまう。慌てて追いかけると、彼女は外で待っていた。

「すみません、岩館（いわだて）さんが。その、きつい言い方をして」

「岩館さん？」

「あ、さっき大きな声で話していた人です。コンペ前で、最近ぴりぴりしてるんですよね……」

さっきの男性は、岩館というらしい。入社二十年、第一線で製品開発をしているベテランとのこと。

彼女は勢いよく何度も頭をさげる。

「本当にすみません、来ていただいたのに。私は、開発課の宮内です。……その、派遣社員になります……」

蚊の鳴くような声で言うものだから、花穂は苦笑する。小声で返した。

「あまり気にしないでください。私も、派遣なんです」

「あ、そうなんですか。よかった～!」

何がよかったのか分からないが、苦労しているのは察せられた。花穂は共感を覚える。

「大変そう、ですね……」

「はい、うちは男性陣が体育会系で……いえっ、失言でした! 私は大丈夫ですっ。その、本当に大変なのは……高山さんかと。もう凄いことになっていて……」

花穂が不思議そうな顔をしているのを見て、宮内は気の毒そうに眉尻を垂らした。

「見ていただくのが早いかと。こちらになります」

そう言って彼女がつれていってくれたのは、数メートル先の別の部屋だった。

開発課は壁が透明で中がうかがえたが、こちらはグレーの壁である。かかげられた『実験室1』のプレートを見て、花穂は高校時代の化学の実験室を思い出した。

「失礼します」

彼女は二回ノックをして中に入った。どうやら中に誰かいるらしい。

花穂は彼女に続いて歩を進め、顔をしかめた。

――これは確かにひどいっ！

まず目に入ったのは、半透明のゴミ袋の山だった。中身は書類系の紙ゴミよりも、カップラーメンやお弁当などの生活臭のするゴミが多く見受けられた。

部屋の中央にある十人は使用できそうな机の上には、書類が散乱している。もう一つの机には、文房具が入った段ボールが八つ置いてあって、中身が溢れてこぼれているし、使用目的不明な検査機器のようなものも大量にあった。

「ああっ……！」

と、宮内がそれはそれは悲しそうな声をあげる。

「国枝(くにえだ)さん、また泊まって……！　泊まりはダメって怒られたばかりなのに……」

彼女の視線の先を追えば、小さなテントとそこから飛び出た寝袋。どうやら会社に泊まって仕事をしている人が、この惨状の原因らしい。

花穂はため息をついた。

「……国枝さん、というのは？」

「開発課の社員さんです。作る文房具はすごいんですけど、本当にすごいはすごいんですけど……仕事以外のことが、ちょっと……」

宮内は本当に本当に小さな声で、花穂にささやいた。生活不適合者なんです、と。

会社では聞きたくない単語だった。

そして室内の隅で蠢く人影に気づいた瞬間、花穂は思わず呻いた。

え!! う、嘘でしょ！ あ、あの人って……！

今日はボロボロのジャージを着ている。

はじめて見かけたときはTシャツだった。しかしあのときと同じように、大きな大きなヘッドホンで耳をふさいだ〝彼〟は、異様な雰囲気を醸し出している。

派遣初日に、エレベーターホールですれ違った男性だった。

みんなが嫌がるの、なんかわかったかも……

花穂は先ほどから、彼と目が合っていた。

前髪が長く、黒縁の眼鏡をしているのでよく目元は見えないが、強い視線を感じていた。

花穂が警戒して我が身をかき抱くと、不機嫌そうな声が落ちる。

「それ、誰？」

それが開発課エース、国枝誠二との二度目の邂逅だった。

◇◆◇

その場の異様な空気は、それまで大人しくしていた宮内が打ち破った。

「それ、誰じゃありません！　今日はここを掃除するとちゃんと伝えたはずです。もう限界なんですっ」

花穂の前に立つと、意外なほど強い口調で言う。こらえにこらえたものが爆発したようだった。

それに対する国枝はいかにも迷惑そうで、

「宮内さん、声が大きい。静かにして」

「っ……！」

「前も言ったよね。女性のキンキンした声って一種の凶器なんだ。自覚してください」

ひんやりと冷たい言いように、宮内は拳を握りしめる。花穂は慌てて口を挟んだ。

「私は、総務部庶務課の高山です。今日はこちらを掃除しにきました。ご指示をお願いします」

「それなら帰ってください。うるさくされると、仕事に集中できません」

「それでは、静かに掃除をしようと思います。ご迷惑をおかけしますが、よろしくお願いいたします」

花穂が一息で言い切ると、国枝は虚を衝かれたように黙った。何か考えるように、口元を手で覆う。

長い前髪から覗く黒目がちな瞳が、花穂をひたりと見ている。

「まあ、前の人よりマシか。そう悪くない音だった……」

よく分からないことを呟くと、彼はデスクに戻った。

「静かにしてください。仕事の邪魔はしないでください」

どうやら掃除の許可が下りたようだった。

花穂は宮内に掃除道具の場所を聞こうと振り返る。すると、彼女は少し驚いた様子で、まじまじと花穂を見上げていた。

「？　宮内さん、掃除道具を貸していただけませんか？」

「は、はい！　……うそでしょ、国枝さん相手にスムーズに進んだ。すごい……」

独り言を呟きながら、宮内は室内の隅からゴミ袋やぞうきん、それに何か資料を持ってくる。

「こちらは注意事項になります」

「はい、ありがとうございます」

ゴミの分別や捨ててはいけないものなどが書かれた書類だろう、と花穂は受け取り、パラパラとめくる。

「大事なことなので、よろしくお願いします」

「………」

【注意事項】

・携帯の電源は切り、音が鳴らないようにしてください。マナーモードのバイブ音も響くため、必ず電源をオフにしてください。

・掃除は極力音をたてないよう、ご配慮ください。

・ハイヒールは足音が響くため、ご遠慮ください。

・また、なにがあっても、仕事中の国枝には声をかけないでください。

誰が作ったマニュアルだろう。

呆(あき)れるほど、国枝を過保護に扱う内容だった。エースというより、我が儘(わがまま)な王子様の部屋を掃除するような気分になる。

しかし、花穂は素直にスマホの電源を切った。郷に入っては郷に従えである。靴はかかとの低いパンプスなので脱ぐ必要はなさそうだった。

ハイヒールで来ていたら、裸足(はだし)で掃除をしないといけなかったのかしら？

松村はいつもハイヒールを履いていることを思い出しながら、花穂は腕まくりをする。長い髪をまとめ直した。

――よし！

いつの間にか、宮内はいなくなっていた。気難しい男と二人きりの状況に戸惑いながら、掃除をはじめる。

花穂は家事が苦ではない。

淡々とした作業は無駄なことを考えなくていいので、掃除も得意なほうだ。ただ、アパートに物自体が少ないので、そこまで大がかりな掃除をすることはそうそうない。

ここまで散らかっていると、いっそ天晴(あっぱ)れだった。やりがいがある。

物音だけたてないように配慮しながら、花穂は作業を進めていく。

淡々と、淡々と。

まとめてあるゴミをゴミ集積所に運び、書類をまとめ、雑巾がけをする。――気づけばあっという間に、三時間がたっていた。

その間、国枝はデスクにずっと張り付いていた。パソコンを打ったり、カリカリとなにか書いたりしている。花穂はときどき休憩をしながら掃除をしているのに、彼はぶっ通しだった。

すごい集中力！

花穂は目を丸くして感心してしまった。

一体いつから仕事をしているのだろう。まさか朝からずっと？　それとも……？

使った形跡のある寝袋をたたみながら、そのひょろりとした背中を眺めていると、ふいに国枝が立ち上がった。

「っ――！」

驚いた花穂の手から寝袋が落ちる。寝袋の金具が床で跳ねて、カチャン！　と音をたてた。

男が花穂を見る。険しい、顔をしていた。

「す、すみません。うるさくして」

「…………」

国枝は大きなヘッドホンを耳から外す。吐息をこぼした。

「……ちょうど、休憩しようと思っていたところです」

長い前髪をくしゃりとかきあげ、ぶるぶる頭を振る。室内を見回すと、花穂に言った。

「掃除ありがとうございます。仕事にも集中できました」

「い、いいえ」

「……いい音でした」

言っている意味がわからず、花穂は眉をひそめる。

また、音？　集中するためにヘッドホンをつけて音を遮断しているみたいだけど、いい音ってなんなのかしら？

よくわからないが、国枝はすっきりした顔をしていた。掃除前なにかに苛ついていたときとは別人のようだった。

国枝は花穂のもとへと、ゆっくり歩く。指さした。

「あそこに」

「はい？」

「あそこに、文房具が入った段ボールがあります。そこから一つ、気に入ったものを選んで持ってきてもらえませんか？」

存外丁寧な口調で頼まれて、花穂は戸惑う。これも掃除の一環だろうかと、首を傾げながらもうなずいた。

「わかりました」

静かに、静かに。

なるべく物音をたてないようにして歩きだすと、国枝から指示が飛ぶ。

「今は、足音をたてて歩いてください」

「はい？」

「いいから」

静かにしろと言ったり、普通にしろと言ったり、なんなのだろう。しかも、なぜか歩いているところをじっと見られているような気がした。

「あの、これはどんな意味があるんですか？」

「個人的な知的好奇心を満たすための実験です。——ああ、なるほど」

なにか納得しているが、こちらはさっぱり意味がわからない。

しかし話す気もないようで、花穂は会話のキャッチボールを諦めた。

さっさと文房具を選んで、さっさと庶務課に戻ろう！

花穂は段ボールの中を見つめる。そこにはスタイリッシュな万年筆から十二色サインペン、キャラクターものの消しゴムなど、ありとあらゆる文房具が勢揃（せいぞろ）いしていた。気に入ったものを一つ持ってきてと言われてもなぁと思いながら、ガサゴソ漁（あさ）っていると、七色の色鉛筆に目がとまる。

それは藍色の紙パッケージで、色鉛筆とたくさんの宝石がちりばめられていた。

なんとなく気になってそれを持っていくと、国枝は面白そうに、へぇと呟いた。

「それ、レアものですよ。なぜそれが気に入りましたか？」

「気に入ったというか。……その、色鉛筆なのに宝石の写真がのっていて、不思議に感じました」

「それが、その商品のコンセプトです」

「コンセ、プト……？」

「ええ！」

男の、長い前髪と眼鏡から覗く瞳が、嬉しそうに輝いた。

「日本画に使われる、岩絵の具はご存じですか？　あれはラピスラズリなどの鉱石を砕き、粉末にしたものを絵の具にします。天然の鉱石が含有された絵の具の発色は素晴らしく、色あせることがない。その商品はそこから発想を得ています」

無愛想だった男が、急に饒舌となった。

突然の変化に驚く花穂を置き去りにして、国枝はさらに語る。語る。まるで無邪気な子供のように。

制作秘話やらなんやら、花穂にはよくわからない話を、たっぷり三分は語った。

「それは、鉱石の粉末を含有させた色鉛筆です。使ってみると、キラキラとして、とても綺麗ですよ」

「よ、よくわかりませんが、なんだかすごそうですね。すごく売れたんでしょうね」

花穂はようやく言葉を挟む。すると、国枝は目を伏せた。

明るかった声のトーンが、落ちる。

「……それが、採算が合わなくて商品化はできませんでした。僕が五年前に企画して、没になった文房具です」

花穂は思わず、手の中の色鉛筆を見下ろした。国枝は寂しそうだった。

「それはサンプルになります。世界に一つだけのレアものです。――今日のお礼にもっていってください」

「そ、そんな貴重なものはいただけないです！」

花穂は慌てて、色鉛筆を返そうとした。国枝の思い出の品だ。受け取れるわけがない。

しかし彼は、頑として譲らなかった。

「あの段ボールの文房具は、没になったサンプルです。そこで忘れられていくよりも、誰かに使ってもらったほうが、その子も幸せでしょう。――どうぞ、もらってやってください」

口元に浮かぶ微笑みは、優しげだった。

◇◆◇

午後九時。

濡(ぬ)れた髪を拭きながら、花穂は白いマグカップから立ちのぼる湯気を眺めていた。

……変わった人だったな。

お風呂上がりのひとときは、花穂の大事なリラックスタイムだ。

好きなお茶を淹(い)れて、ラジオを流してまったりする。仕事のことはなるべく考えないようにしているのだが、今夜はついつい開発課のエースのことが思い出された。

「使ってもらった方が、その子も幸せか」

職場をゴミだらけにしても平然としている人。

寝袋まで持ち込んでひたすら仕事に打ち込む人。

まるで我が子のように優しく文房具のことを語る人。

「あんなふうに集中して仕事ができるの、素敵だなぁ……」

そう呟(つぶや)いてから、ハッとする。

――い、今のはなしっ！　あそこまで周りに迷惑をかけて、あんな非常識な格好で会社に来てる人、素敵とかない！　ないない！

一人ブンブンと首を振っていると、バイブの音が聞こえてきた。

花穂は慌ててスマホを確認する。表示画面に、シャトーブリアンがうんたらと書いてあった。

「なんだ、貴也か」

きわ子からではなく、がっかりする。

最近、花穂はきわ子と連絡をとれていなかった。

松村との関係が改善し、仕事が順調なため連絡の機会を失ったのだ。晩ご飯の誘いを断られてからは、お忙しいのかなと遠慮してもいる。

最後にお会いしたのは、もう一ヶ月前になるのかぁ。お会いしたいなぁ。

『本当に美味しい！　卵焼きのレシピをもらって自分でも作ってみたんだけど、うまくいかなくて。作ってくれて嬉しいわ!!』

キラキラとした目で卵焼きを食べる姿が思い浮かんだ。

きわ子はいつも花穂の料理を褒めてくれる。人を幸せな気持ちにするのが上手な人だ。

「でもきわ子さん……あれだけお仕事ができるのに、卵焼きをうまく作れなかったって言ってたなぁ。嘘はついていないのだろうけど」

少し意外だった。

そんなに難しくはないはずだ。それでできないということは、

「レシピ、わかりにくかったかなぁ」

普段から自分用の料理メモはとっているが、人に見せるようなレシピは、きわ子に頼まれて初めて書いた。

あまり綺麗な字ではないから、ワードを使って文章だけで頑張って伝えようとしたけれど、イラストを添えたほうが分かりやすかったかもしれない。

花穂は手持ちの料理本を何冊か持ってくると、ぱらぱらめくってみる。

「やっぱり、イラストがあるほうがわかりやすいよね」

そう思ったとき、急にちゃぶ台の上の色鉛筆が存在を主張しはじめた。

「やってみよう、かな」

金曜の夜である。明日は少し寝坊をしても問題ない。

お絵かきなんて子供の時以来だけど。

不思議と、うきうきとした気持ちが湧いてくる。少し色あせた紙パッケージの箱を開いた。

七本の色鉛筆。

すぐに使えるよう綺麗に削ってある鉛筆の先は、鉱石が練り込んであるためか、キラキラと輝いて見える。

「あ、でも、画用紙とかそんな上等なものは、我が家にはなかった」

明日、必要なものを買ってきてからはじめようかとも思ったが、色鉛筆の煌めきに誘惑された。

花穂は取り急ぎ、普段使いのノートをバッグから取り出す。

「さて」

色鉛筆を滑らせる。

罫線でくぎられた紙片の上。

自由な線が、煌めきとともに走り出した。

◇◆◇

週明けの月曜日、花穂は就業時間二十分前から業務処理に当たっていた。

理由は色鉛筆である。

国枝からもらった色鉛筆は、書き心地、発色ともに素晴らしかった。お昼休みをしっかり確保してお礼にうかがう時間を作ろうと、パワー全開でばりばり仕事をする。

私と同世代なのに、あんな素敵なものを作れてすごいな。私も、もっと……！

今日は普段よりも、土日のメールがたまっていた。しかし花穂は順調に難しい案件も片付けていき、午前中にやるべきことは全て、午前中にやってのけた。

「いただきます！」

今日は外に出る時間が惜しい。花穂ははじめて自分のデスクで昼食をとる。

すると、匂いにつられてミケがやってきた。

「みゃあ！」

——今は忙しいから守屋（もりや）課長のところに行きなさい！

花穂はそう念じるが、空気を読まない三毛猫は花穂の足下から動かない。無視していると、花穂のデスクに飛び乗った。

「〜〜〜〜！」

猫にはやはり勝てないようだ。

仕方なく、焼き鮭（じゃけ）のはしっこを床に置くと、猫は素直に降りてくれた。

「もう……！」

花穂はさっさとお弁当を片付け、席を立つ。

時間は十二時二十分。

少し余裕があったのでメイクを直し、エレベーターに向かう。するとまた、

「みゃあ♪」

「…………」

今日はどういったわけか、ミケに好かれている。エレベーターの扉が開くと、我が物顔で乗り込んできた。

「あなた、どういうつもり？」

無人のエレベーターで、足下に話しかける。三毛猫は鼻を膨らませて、花穂を見上げる。

ブルーの瞳は、全てを見通しているような、知的な光があるような。

そんなふうに感じた。

「……君、三毛猫の雄よね？」

ミケランジェロという名前なのだから雄だろう。そして三毛猫の雄は、非常に珍しいということを、花穂は聞いたことがあった。

あらためて調べてみたら、その稀少性から『幸運を招く』とか『災難から守ってくれる』とか、そんな言い伝えがあって高値で取り引きされているとのこと。

ただの野良猫だと思っていたのに、とてもすごいお猫様だったというわけだ。

正直、守屋課長がこの会社の守り神と言ったときは、一体なんの冗談だろうと思ったんだけど……

花穂もなんとなく、助けられている気がするようになっていた。

食券事件のとき、その鋭い嗅覚で、きわ子の匂いがついた食券を松村のポケットから探り当てたのは彼である。

もしかすると、きわ子だけでなく〝彼〟にもお礼を言うべきなのかもしれない。

「……ありがとう」

「みゃあああ！」

すぐに応えるように鳴くものだから、花穂は笑ってしまった。

エレベーターが止まる。

さて、今日は幸運の猫がついている。きっと、素敵なことがあるはずだ。

そう楽観的でいた彼女は、思わぬ事態に頭を抱えることとなる。

「あああ、高山さん！」

こっそり開発課をのぞく花穂を見つけて泣きそうな顔で駆け寄ってきたのは、宮内だった。

――嫌な予感がした。

◇◆◇

先週の金曜日、花穂は三時間かけて『実験室1』を掃除した。

重たいゴミを捨て、書類のファイリングをし、寝袋まで外に干した。

翌日には筋肉痛になったのだから、花穂の記憶違いということはないはずだ。ないはずなのだが、

「なんてこと……」

恐々（こわごわ）と扉を少し開けて、その惨状を目の当たりにすると、花穂は目をつぶってそのまま扉を閉める。

生活臭が鼻腔（びこう）をついた。

背後では、宮内が沈鬱とした面持ちでたたずんでいる。

「週末に、また泊まったらしいです。すごいですよね……二日でこのありさまですよ？　ふ、ふふふ……」

「大変ですね……」

花穂は踵（きびす）を返（かえ）す。ここは出直そうと思ったのだが、後ろから悲鳴が追いかけてきた。

「助けてくださいっ……！」

「……えーと、私も午後の仕事があるので」

「私だって、やらないといけないことがあるんですっ。でも毎日毎日、掃除もしないといけなくて。私が散らかしているわけじゃないのに岩館さんは私に怒るし。もう、もう

「……」

そうとう精神にきているようだった。

花穂は天を仰ぎ、深々とため息をついた。頭の重みに引きずられるようにして俯くと、幸運のお猫様はのんきに顔を洗っていた。

「本当に……午後の仕事がありますので。その、私が抜けて大丈夫か、上長に確認を取らせてください」

渋々それだけ言うと、宮内は花穂を拝むようにして、コクコクとうなずいた。

「ありがとうございますっ。よろしくお願いします！」

花穂はようやく解放されて、9階フロアを後にする。

――まったく、あんなに散らかして。やっぱり社会人としてありえないっ！

お礼を言おうと思ったこと自体を少し後悔していたが、花穂には逃げ道があった。

月曜日は忙しい。課長が、余所の掃除の許可をするわけがないのである。

これ以上巻き込まれないよう、顔を見ず断れるよう、宮内の内線番号も取得してきた。

あとは、課長が承諾しないでくれればそれで日常に戻れる。

そんな、花穂の目論見はものの見事に外れることとなる。

「いいですよ。開発課は恩を売っておいて損がないから。午後の高山さんの仕事は、こちらでどうにかしますね？　松村くん、よろしくね！」

「はーい!!」

「……………」

盛大に送り出される花穂を、三毛猫は面白そうに見つめるのだった。

◇◆◇

そんなわけで、花穂はまた掃除である。

しかしはじめてのときと違い、すでに覚悟ができていたし、要領も得ていた。

ただ今回、イレギュラーがあった。前回デスクに張り付いていた国枝が、ふらふらと移動するのである。

「……………」

なにか真剣な顔で段ボールを漁ったかと思うと、別の机に移動して真っ青な粉末をすり鉢でゴリゴリやったり、パソコンに何か入力したりする。

彼が動くたびに物が落ちたり、ひっくり返ったりする。

徹底的に、整理整頓に向かない人だった。

——でも、すごい集中力。私のことも見えていないのかも。

呆れるものの、やはり憧れのようなものを感じてしまう。そこまで一生懸命、何かに打ち込めることが眩しかった。

花穂は優しく苦笑する。

彼の仕事の邪魔にならないよう、隅っこから掃除をしていく。一時間たった頃、ふいに声をかけられた。

「こんにちは」

国枝は長い前髪に片手を突っ込んで立っていた。秋の柔らかな日差しを背に受けているせいで、表情は読めないが、なんとなく困惑しているように感じた。

「……こんにちは、お掃除を頼まれまして。お仕事を邪魔してしまったでしょうか？」

「いえ」

すぐに返ってくる否定。

「ちょうど、休憩しようとしていたところです。なにか飲みますか？」

彼はテントから、パンパンに中身が詰まったコンビニ袋をもってくる。

メーカーも種類もバラバラだが、全て缶コーヒーだった。コーヒー党らしい。

「たくさん、ありますね……」

花穂はコーヒーが苦手だ。しかし不器用そうな彼の精一杯のご厚意である。そんなことは表情に出さず、一番甘そうなカフェラテをいただくと、国枝は言った。

「今日も綺麗にしていただいて、ありがとうございます。助かります」

思いがけず礼儀正しい態度だった。

花穂は戸惑って何と返そうか迷っていると、国枝は缶コーヒーのプルトップを起こした。一息で飲んで、また仕事に戻ろうとする。花穂は慌てた。

「あ、あの！」

「はい？」

引き止めたもののすぐに言葉がでなかった。自分は何を言いたかったのだろうと考えて、ふと、そもそもの目的を思い出す。

深々とお辞儀をする。

「色鉛筆ありがとうございました！　週末に使ってみましたっ」

「ああ……」

国枝の口元が嬉しそうにほころぶ。

「使っていただけましたか？　いかがでしたか？」

「すごくっ。すごく良かったです！　色が綺麗で、書き心地がなめらかで。びっくりしました！　描くと本当にキラキラして――」

言ってて馬鹿みたいな感想だな、と恥ずかしくなったが、国枝は笑うことはなかった。

「なにを描いてみたんですか？」

「りょ、料理のレシピです」

「ああ、それはいい。素敵にできたんでしょうね」

「ええ！　私は絵がうまくないんですけど、色鉛筆の発色が綺麗で、キラキラしてくれるので、すごく綺麗なレシピができたんです。あの色鉛筆、発売されなくて本当に残念に思いました」

「――そうだね」

国枝はくすっと笑って、大きな机に向かう。花穂に向かって手招きした。

「少しあの頃のことを思い出しまして、また、試作品を作っていたんですよ。鉱石をいれようとすると、予算オーバーなので、もう少し扱いやすい素材はないかなと、週末はいろいろ試してました」

青い粉末が入った白い乳鉢を、国枝は差し出す。よく見ると、キラキラ輝いている。

小さな宇宙を覗き込むような、不思議な気分になった。

「すごい、ですね。自分で色鉛筆の試作品を作ろうとするなんて……」

「半分遊びみたいなものですよ。ここには、大方の原料はそろってるから。そう難しくないです」

なんてことないように言ってくる。

花穂は感心しきりで話を聞いていると、国枝の長い前髪からのぞく瞳が悪戯っぽくまたたいた。

「高山さんも、文房具が好きなんですね。それなら――あれに参加してみるといいです」

ジャージの腕があがる。彼が指さした先にはポスターが貼ってあった。

黄色の地に金箔がちりばめられていて、中央に大きく書かれた文字は、

「社内、一斉コンペ？」

「そう。うちの社長が毎年やっている企画書コンペです。どの部署の人間でも、自分の思い描く理想の文房具の企画書をだすことができる。選ばれれば、商品化もされるから挑戦してみるのも面白いかもしれないですよ？」

花穂はこの人は何を言い出すのかと、ポカンとしてしまった。

「あ、あ、あの。私……派遣ですよ？」

「それがなにか？　文房具好きなんでしょう？」

国枝は首を傾げている。

「この企画書コンペは、うちで働いている人間なら誰が出てもいいはずです。バイトであろうと、派遣であろうと、そういう趣旨だから」

「…………」

花穂はごくりと唾を呑む。ふつふつと、嬉しい気持ちが湧いてくるのを感じた。

――まさか、派遣の私が、コンペに誘われるなんて！

「締め切りは一ヶ月後です。出るなら言ってください。企画書の書き方くらいなら教えら

れるから」

「は、はい！」

どきどきしながら、国枝とポスターを交互に見つめる。するとそこに、不機嫌そうなダミ声が割り入った。

「アホか国枝。その子は、あの『庶務課』だ。それも派遣だって、今言ってるじゃないか」

いつから聞いていたのだろう。入り口に作業着の男が、腕を組んで立っていた。

開発課の岩館である。まるで威嚇するかのように大きな体を揺すりながら、彼は二人のもとまで歩いてきた。

「国枝は仕事があるから、君は邪魔しないでね。えーと、名前忘れたけど、庶務課の人は、掃除に戻ってよ」

「……岩館。僕が、彼女と話していたんだ」

「お前の時間は貴重だ。明日は企画会議だぞ。無駄に使うな」

言い募った国枝の薄い背中をバシバシ叩くと、岩館は胸を張った。

「あとは俺が指示しておく。お前は仕事に戻れ」

「…………」

国枝は諦めた様子で視線を落とした。

「掃除、ありがとう。また」

「は、はい……」

デスクに戻る国枝の後ろ姿を見送っていると、岩館が咳払い（せきばら）をした。小声で花穂に言ってくる。

「掃除再開して。――あ、あと、あいつは天然だから変に期待させるようなこと言うとこあるが、〝派遣〟が、社内コンペに参加したら恥をかくだけだからね」

やめておいたほうがいい、と。

鼻で笑われたのだった。

◇◆◇

どんなに一生懸命仕事をして信頼を得ても、派遣と知られた瞬間、態度を変えられたという経験は一度や二度ではない。

『ああ、なんだ君、派遣？　――じゃあ、ちゃんとわかる人を呼んでくれる？　わかんないでしょ？』

そんなふうに言われるのは慣れている。だからこそ、きわ子みたいに雇用形態を気にしないでいられるスーパー派遣は、花穂の憧れだった。

「いやそれ特殊例。いい歳して憧れとか抱いている奴って、仕事できないよなぁ」

貴也の厳しい指摘に、花穂は首をすくめる。

ああ、せめてこの話は食べた後ですればよかった、と後悔する。私って学習しないなぁ、と。

ちゃぶ台の上では、シャトーブリアンが鎮座していた。

貴也の会社は水曜日がノー残業デーらしく、今朝、急に『今日行きたいんだけど』と連絡があった。銀座の精肉店の紙袋をたずさえて、彼が訪れたのは一時間前のことだ。

テレビで拝むような、分厚く、艶やかなお肉を、花穂はおっかなびっくり焼いた。

……我ながら、すっごく美味しそうに焼けたのに、なんで私、仕事の話なんてしちゃったんだろう。

そうなんだ、大変だったね、と。ただそう言ってもらいたかっただけなのに。

それからしばらく、貴也はとうとうと説教をする。

花穂はなるべくお肉に意識を集中しながら、適当に相づちを打っていると、

「花穂は仕事ができないんだから、おだてられても勘違いだけはするなよ？　コンペとか無理無理！」

「……そうだね。その通りだよ」

なるべく聞かないようにしているのに、その言葉は深く深く、自分の弱いところに突き

刺さる。

普段食べ慣れないものを食べているせいもあってか、急にお腹が痛くなった。

「貴也……悪いんだけど、ちょっと体調がよくないみたい」

「ああ？　いや別に顔色とか悪くないじゃん。気のせいじゃないの？」

その言葉に、花穂は絶句した。

気のせいって。そりゃあ、風邪を引いてるわけではないんだけど。きっと、食べ慣れないものに、胃がびっくりしているだけなんだろうけど。

「まあ、たしかに。よく見ると、顔色よくないか。ささっと食べて帰るわ～。体調悪いんなら、食べない方がいいよ？」

「うん……ありがとう」

ささっと、と言った貴也が帰ったのは、結局、一時間後だった。どうも花穂の体調が気になったらしい。

「本当に体調悪かったら、俺に連絡しろよ。迷惑ではないから」

「ありがとう。今日はごめんね……」

気を遣われることに気を遣ってしまって、疲れが出たのだろう。

次の日は、妙に体が重かった。

熱はないのに具合が悪いというか、やるべきことはたくさんあるのに、力が入らない。

それを引きずって、その週の仕事は散々なことになる。

今までしたことがないようなミスをした。

「あんた、いい加減にしなさいよっ。どうしたのよ!?」

松村に怒られるというよりも心配されて、花穂は沈んだ気持ちで週末を迎えるのだった。

◇◆◇

「冷蔵庫、なんにもないなぁ……」

花穂の冷蔵庫の中には、いつも何かしら常備菜が入っている。

ピクルスとか煮卵とか、ヒジキとか。

そんなものが全くなく、材料もほとんど何も残っていなかった。

「でもなにか食べないとね」

そう呟（つぶや）くものの、花穂が冷蔵庫を確認してから一時間が経（た）とうとしていた。どうにも億劫（おっくう）なのだ。

午前十一時。

朝あたためた牛乳を飲んだきりで、さすがにお腹がすいてきた。

ノロノロと、冷凍室から凍ったご飯と、カニカマ、卵、それにほんの少し残っていた長ネギを取り出す。

料理は花穂の唯一の趣味だ。料理をしているときは嫌なことが忘れられて、楽しい気持ちになる。それなのに、だ。

「私、どうしちゃったんだろう……？」

料理を面倒に感じていた。

事務的に材料を刻んで、お腹を壊さないくらいに炒めて、適当に味付ける。味を確認するのも省いて、さっさとお皿によそった。

「なんか……つかれちゃったなぁ……」

ほかほかと湯気をたてていたチャーハンが、調理台の上で冷めてゆく。

ぼんやりとする。考えることを放棄して、ぼんやりとしていたかった。

隣の部屋から楽しそうな声が聞こえていた。

お隣は小学校に通う男の子をもつご夫婦で、いつも仲が良さそうだ。見かけると、いいなと思う。

──その光景は、花穂には遠い世界だった。

「私は、私で自分の人生をどうにかしていかないと」

そのためには、仕事ができるようにならないといけない。今の派遣先を更新され続けて、正社員にならなければいけない。

思い返すと、今週の仕事はそんなに多くなかった気がした。それでこんなに疲れているのだから、やはり体調が悪いのだろう。

これを食べたら寝てしまおうと、花穂はノロノロとスプーンを取る。そのときだった。

「……また、か」

LINEの着信音に、花穂はぐったりしてしまう。

あれから、貴也が心配して連絡をくれるのだ。おそらく彼だろう。

しかし今日はそれに応える気力もなくて、通知を切ろうとスマホに手を伸ばす。

画面を見て、花穂は固まった。

「――き、きわ子さん！」

久しぶりの連絡である。

あいかわらず微妙な感じのヒツジさんを見た瞬間、ぼんやりとしていた思考が嘘のようにクリアとなった。

『久しぶり～！　元気？　今、大丈夫？』

元気はなかった、少し前まで。『元気です。大丈夫です！』と返信をしたら、不思議と、パワーが湧いてきた。

――す、すごいっ。これがきわ子さんパワー！

いや何もしてないよ？　と優しそうに苦笑する姿が思い浮かぶ。

花穂は自然と笑みを浮かべながら、さらに文字を打った。

『ご連絡いただけて嬉しいです。どうかされましたか？』

『んー、ちょっとね。その。前に、私が困るようなことがあったら相談にのって？　って約束したの覚えてる？』

もちろんだ。

お礼で作ったお弁当の材料費を、きわ子が花穂に受け取らせるためにした約束。あれは方便だと思っていたが、なにかあったのだろうか。

『もしも今日、予定がないようだったら、本当に都合が悪くなかったら、頼みたいことがあって』

控えめな文章に、花穂のスマホを持つ手に力が入る。何を頼まれるか知らないが、花穂の答えは決まっていた。

『私は本日なにも予定はありません。きわ子さんの頼みなら、なんでもやらせてもらいます！』

『ありがとう～!!』

ぴょんぴょんと、飛び跳ねるヒツジさんが送られてくる。

『じゃあ頼んじゃう。――ごめん、助けて!!』

きわ子に助けを求められるのは、これで二度目である。

一度目は卵焼きが食べた過ぎて、でも自分で作れないから死んじゃうという、思わず、ガクッときてしまう内容だった。

今回もやはり食べ物関係である。――しかし以前より緊急度が高かった。

『風邪を引いちゃってね。外に買いにいけないから出前を頼んだんだけど、脂っこいか、美味しくないかでもう限界。なにか作って～』

ヒツジさんは号泣して窮状を訴えてきた。

突然の頼み事である。

◇◆◇

しかし、花穂は頼ってくれたことが嬉しくてしかたない。

背中にリュックサック。両手に食材がパンパンにつまった大きなエコ袋を二つもって、指定されたマンションのエントランスに立つ。

オートロックが完備された、高級感のある建物だ。派遣女性の一人暮らしにしてはお家賃が高そうだと思ってしまったが、スーパー派遣ともなると、こういうところにも住めるのだろう。

教えられた部屋番号を呼び出すと、しばらくして、きわ子の声が返ってきた。

『来てくれてありがとう〜。入ってー！』

明るいしゃべり方だが、声がかすれている。

風邪と聞いていたけれど、きわ子には無敵超人のイメージが強くて花穂は少し驚いた。

――精がつくものを作って、早く元気になってもらわないと！

エレベーターを待つのももどかしい。花穂は7階につくと、足早にきわ子の部屋を目指す。

呼び鈴を押す。すぐに扉が開いた。

「え……！」

花穂は固まった。

それは扉を開けてくれたのが、まったく予想外の人物だったからである。

クリクリとした目が、花穂を見上げている。彼は礼儀正しくお辞儀をした。

「高山花穂殿ですね。お待ち申しておりました。どうぞ遠慮なく、お上がりください」

舌っ足らずな、小さな小さな男の子。その後ろから、きわ子が顔を出す。

「花穂ちゃん、あがって〜！　――ケン、そこにいたら邪魔だから。部屋に戻んなさーい」

花穂は呆気にとられて、立ち尽くす。

◇◆◇

トントントン。

リズミカルに長ネギを刻む音は、花穂を冷静にしてくれる。

グツグツ言いだした小鍋の蓋をあけると、お粥(かゆ)はちょうどいい感じになっていた。火を止め、別のフライパンに油を引き、卵焼きをささっと焼く。

いつもは卵焼きの中にきんぴらを仕込むのだけれど、消化のことを考え、今日は卵だけにする。

うーん、やっぱり気になる……！

花穂が集中して調理する間も、つぶらな瞳はこちらを見ている。

ジィィと、ジィィィ……と！

この感覚には覚えがあった。

「高山殿、なにか手伝えることはないか？」

「……あとで、なにかお願いしますね」

「あいわかった」

宝城健太(ほうじょうけんた)くん。御年六歳。

絶賛放送中の武士レンジャーに憧れ、古風な言い回しの彼は、きわ子の一人息子である。

……きわ子さん、独身じゃなくてシングルマザーだったなんて。

健太の人をまっすぐ見るところや風変わりなところに、きわ子との血縁関係を感じるものの、花穂はいまだに動揺を抑えきれない。

「花穂ちゃん、ごはんまだぁぁ。お腹すいたぁぁ」

「少々お待ちください！」

綺麗な額に冷えピタをはったきわ子は、ソファーでころころしている。

ゆったりとした白のトップスに、だぼだぼのスウェット。気だるげな様子が、いつもよりも猫っぽい。

「健太くん、これをお母さんに渡してもらえるかな？」

取り急ぎ、トレイに山盛りの卵焼きとお粥をのせて託す。タマネギの皮を猛スピードで剝いていると、きわ子の歓声が聞こえてきた。

午後二時。

花穂は冷めた炒飯をお腹にいれてきたが、健太はお昼がまだとのことだった。

きわ子が出前のピザを頼んだのに食べなかったらしい。その理由は彼曰く、『武士は食わねど高楊枝』とのこと。——子育てって、大変だなと思った。

タマネギと豚バラをちゃちゃっと炒めて、甘辛く味付けする。どんぶりに、ほかほかのご飯、豚バラ、その上に韓国のりをパラパラ散らす。

「健太くん、これは君の分です。気に入ってくれればいいのだけど」

いつの間にか戻ってきた健太は、ときおりお腹を鳴らしていた。空腹でないはずはないのだ。

じっと彼と目をあわせると、健太はぺこんと頭をさげた。

「かたじけない。いただくとしよう」

「あああ、ずるいっ。私もどんぶり食べたい！」

ホッとしたところに、きわ子の声。花穂はギョッとする。

「た、体調、大丈夫なんですか？ 脂っこいですよ？」

「うむ。これはたいそう……むぐ、むぐ……うまいが、母は病人ぞ。むぐむぐ、控えた方がよい」

「だって、これだけじゃ絶対たりない。昨日から美味しいと思えるもの食べてなかったから、取り戻したいのぉぉ」

「腹も身の内、むぐ。無理をしては……むぐむぐっ体を壊すぞ。そこが母のよくないところ」

むぐむぐ食べながら言っている、子供の健太のほうが正しいように感じた。花穂は苦笑して、ジャガイモに手を伸ばす。

「きわ子さん、夜の分のお食事も作っていきますね。今はほどほどになさってください」

「それなら……あきらめるかぁ」

お粥をゆっくりすすりながら、きわ子はソファーをぽんぽんと叩いた。

「花穂ちゃん、お夕飯分はすごく嬉しいけど、あとでいいわ。少し休まない？　いっしょにお茶でもしましょう」

花穂は数秒ためらった。

きわ子は病人だ。花穂はご飯を作ったら彼女の負担にならないよう、すぐに帰るつもりでいた。

しかし、そうお誘いしていただくと、我慢できなかった。

「――はい！　美味しいお茶を淹れますね!!」

◇◆◇

「社内一斉コンペってご存じですか？」

白磁に、ブルーの文様が描かれたティーカップ。

優雅にカモミールティを飲むその人は、花穂の問いに当然とうなずいた。

「社長が開催しているあれね。一部バチバチする部署も出てくるけど、お祭りみたいで楽しいわよね～」

「……きわ子さんは、参加されますか？」

「コンペに？　私はパス。楽しそうだけど」

バッサリと言われて、花穂はちょっと落ち込んだ。きわ子は首を傾げる。

「出るの？　いいと思うよ」

派遣が出たら恥をかくと言われまして。それで仕事がボロボロになってました、とか。

愚痴っぽいことを、かすれた声で話す人に聞かせるわけにはいかなかった。花穂は誤魔化すように、へらっと笑った。

「開発課の人も同じように言ってくださいました。このコンペは、派遣でもバイトでも参加できるから挑戦してみれば？　って。――少し嬉しかったです」

「だったら、やってみればいいじゃない？　経験はなんでもプラスになるはず」

「きわ子さんは出ないのに？」

「――可愛いことを言ってくれるわねッ。でも、ダメよ。私にはこれがいるから」

きわ子はフローリングで大の字となっている健太を指さした。お腹がいっぱいになって眠くなったらしい。豚バラ丼のタレを口につけたまま、眠っている。

花穂は目を細めた。

「健太くんの存在が、きわ子さんが派遣で働く理由なんですね」

正社員ならば安定が保障されるが、代わりに残業や異動が断れない。しかし派遣なら違う。

以前、晩ご飯を断られたのもこれが理由だろう。

自宅に子供が待つから夜は付き合えない。それを言わなかったのには、なにか事情でもあるのだろうか。

きわ子は優しい瞳で我が子を見つめると、シニカルに笑った。

「そんなご立派なものじゃないわ。私は、バカだからそうせざるをえないだけ」

「そんなっ。きわ子さんがバカだなんて！」

目を見開いた花穂に、きわ子は首を振る。

「なんて、説明したらいいかなぁ。前にも話したと思うけれど、宝城きわ子の『きわ子』の字は、父は『極める』という字をつけたがったの。その言霊が働いているのかしらね。私は仕事が大好きで、本当に！　大好きでっ。バカみたいに、無我夢中でやってしまうところがあるの」

「……仕事に無我夢中って、悪いことではないのでは？　とてもすごいし、憧れます」

「そういうことじゃないのよ」

花穂の憧憬のまなざしに、きわ子は居心地が悪そうに身をよじる。

何度か唇を開き、閉じる。深々とため息をついて、当時のことを話し出した。

「私、五年前まで広告会社で正社員として仕事をしていたわ。女性で唯一、社長賞をもらって、周りからすごく持ち上げられていた。それで調子に乗って、出産ギリギリまで働いて、産んでからもすぐに仕事仕事仕事。そのときは子育ても両立させていたし、まあ、夫にときどき文句は言われるけど、完璧に全てをこなしていた。そう思っていた」

自嘲じみた響き。

きわ子は遠い目をしている。

「この子が一歳の誕生日のときよ。私は落とせない企画書を深夜まで熱中して作って、早起きして誕生日ケーキを用意して、部屋もバッチリ飾り付けた。これからさあパーティってときにね、私は倒れたの。過労だった。夫はそら見たことか、という顔をしていた。それが悔しくてね。すぐに仕事に戻って見返そうとしたら——ある日を境に、夫は帰ってこなくなった」

一通の手紙を残して、ときわ子はため息をつくように言った。

「……一体なんと」

「ついていけないって」

「…………」

「周りが見えるようになったときには手遅れだったの」

二人で住むには広い一室を、きわ子はゆっくりと見回す。

きわ子さん、ここで旦那さんを待っているのだろうか……？

花穂はなんと言っていいかわからなかった。己の無力さを感じていると、きわ子は明るく笑った。

「そんなときに強いのは、やっぱり女性なの。父は力強く励ましてくれたけど、おろおろしていた。でも、母は違った」

「お母様、ですか？」

「ええ。『喜和子』という、喜びの字を与えようとした人。本当に強い人でね、どん底に落ちている娘によ。なんて言ったと思う？」

花穂には想像もつかない。首を振ると、きわ子は艶然と笑う。

「『てめえの人生に落とし前をつけられるのは、てめえだけだ』」

「っ。それは……！」

「自分の人生の責任をとれるのは、自分だけ。後悔する暇があったら、自分で未来を切り開きなさい。這い上がりなさいって」

きわ子は膝にかけていたブランケットを、眠る健太にかけた。声に、力が宿る。

「泣く暇もありゃしない。でも母は正しかった。私には、この子がいたから。泣いてる暇なんてなかった」

その後のきわ子の行動は早かった。

給与はいいが、労働環境の厳しい会社をすぐに退職した。それで正社員として別の会社に転職ではなく、派遣という生き方を選んだのは、

「自由で、いられるからね」

その色鮮やかな微笑(ほほえ)みは、花穂の胸にずっと残ることとなる。

流されず選択して生きている人。

己の人生を切り開いて生きてきた人。

花穂が呆然(ぼうぜん)としていると、きわ子はローテーブルの上を寂しそうに見ている。

「喋(しゃべ)ったら、お腹すいちゃった。卵焼き、もうないのね」

「………」

花穂は思わず笑った。

猫のように気ままで、自由で、きっとどんな会社も欲しがる有能な人が、今、自分が焼いた卵焼きを必要としている。

「きわ子さん」

花穂の心は決まった。

「私、社内コンペに挑戦します」

情深く、パーフェクトな仕事をして何でも持っている人だと思っていた。
でも彼女の過去にも大きな傷があった。
花穂もそうだった。
今までたくさん失敗をして——だから、うつむいていた。
なぜこんなにも違うのだろうか？　という疑問はすぐに解けた。
艶然と笑うその人は、人生の落とし前を自分でつけているから強いのだ。
きわ子の前を向く姿に、花穂は考える。

◇◆◇

——私の人生で、落とし前をつけたいことってなんだろう？　と。
それが、花穂の今後の人生を上向かせるきっかけだった。

第四話　派遣社員は人生の落とし前をつけにゆく！

静寂の先、思考の先は、どこまでも自由だ。

湧いてくるアイデアを吟味して、精査して、組み立てていく。そして夢のような文房具ができあがる。

その感覚が、国枝(くにえだ)はたまらなく好きだった。

その日も気持ちよさに酔って静けさの世界を泳いでいると、ふいに鋭い音が走った。


カツン……カツン……ッ！


鼓膜を通し脳に突き刺さるそれは、ハイヒールの音。

実験室の前を、ハイヒールを履いた女性が通ったのだろう。普通の人間は気にもとめない音だが、国枝にとっては災害である。

己を守るヘッドホンを、ぎゅっと耳に押しつける。

――もう少しで摑(つか)めそうだった何かが、霧散していた。

悄然としていると、急に空腹を感じた。昼休みはとうに終わり、二時だった。

「食べないと……」

人とは不自由だ。

生き物の頂点に立った顔をしているくせに、毎日、食事を摂らないと体調を維持できない。同じ哺乳類でも、一週間に一度の食事で事足りている生き物はたくさんいる。ダンゴムシの仲間のダイオウグソクムシに至っては、年単位の絶食が可能なのに。

「来世は、ダイオウグソクムシに生まれかわりたい……」

その発想自体が変だというのは、もう重々承知している。小学生の頃は個性で納められていたが、中学にあがった頃から面白がる人間がではじめ、母に変なことを言うなと禁止された。なにが変で、なにが変じゃないかなんてわからない子供に。

三十年生きて何を言ってはいけないかはわかるようになったが、それでも自分は、こうなのである。

『お前のそれは才能だ』

岩館がそう評価してくれるから、なんとかやっていける。この実験室に籠もれるのも、彼が課長に言ってくれるからだった。

国枝は、重い腰をあげて実験室から出る。

食べなくてももうしばらく大丈夫だが、岩館に昼食は食べろと言われていた。顔は恐く言い方はきついが、面倒見がいいところがあるのである。

その彼が、廊下で険しい顔をして立っていた。国枝にも気づかず、半年前に派遣ではいってきた宮内に、なにか話している。——説教だろうか？

宮内は、いささか粗忽なところがある。

ハイヒールは履いていないが、パタパタとよく駆け回って、その足音はうるさい。

集中して何かを作るという意味を知る古参の男性社員たちは、国枝に気を遣ってくれているのだから、彼女ももっと気をつけるべきだと思う。

少しデスクを汚しただけで、すぐ怒り出すのもいただけない。

しかしそんな粗忽な彼女が、悲しげな音を出した。

「私も……開発課に所属しているのに、私は勤務時間中に、コンペの準備をしてはいけないんですか？」

平坦な声を装っているが、国枝の耳は誤魔化せない。震えを抑えた悲しげな気持ちだ。

岩館はそのことに気づいていないようだった。

「美世ちゃんは、コンペよりも他の仕事にもっと力をいれてよ。周りを見渡せば、もっとやらないといけないこと見えてくるよね。だいたい、君、派遣だよね？　立場わかってる？」

国枝は納得した。

『派遣』『コンペ』の二つのキーワードで。

派遣は、社内の人間なら誰でも出られる社内コンペに出られないらしい。出られると書いてあるのに。ただ岩館が言うなら、そうなのだろう。

とかく人の世は生きにくい。

そういえばあの人、もう来ないのだろうか。

国枝は、岩館に同じように言い含められていた女性のことを思い出す。

——不思議な人だった。

人の足音は好きではない。特に女性の、ハイヒールを履いている人の音は最悪だ。

けれど彼女の足音は、聞いていると心が落ち着いたのだった。

◇◆◇

派遣社員は契約前に伝えられた仕事以外を頼まれることはない。もし頼まれても、派遣会社を通して断ることができる。

——それが建前だというのは、派遣五年目の花穂(かほ)は理解していた。

派遣先に嫌われないよう、契約を切られないよう、派遣社員がサービスで業務外のことを引き受けることは往々にしてあるものだ。それどころか、

『この契約書に書いてある業務内容、こういうふうに解釈すると、この業務も派遣契約内だよね？』

そんなふうにゴネられて、しぶしぶそうですね、と言ったら、次の契約更新時に契約書が書き換えられていたことすらある。

……あれは派遣をはじめたばかりで、派遣会社にも派遣先にもうまくつけこまれたというか。騙(だま)されたような気もしなくもないけれど。

さて。そんな派遣社員、高山(たかやま)花穂の業務内容は現在どのように設定されているかといえば以下である。

データ入力、電話対応、その他社員からの簡単な頼まれ仕事。

特筆すべきは『その他社員からの簡単な頼まれ仕事』だろう。

これは一体どこまでが簡単で、どこからが簡単ではないのか。その他社員というのは、総務部庶務課のメンバーまでなのか、他部署の人間も含まれるのか。

派遣先の解釈次第で何でもやらされる書き方だった。

花穂はそっとため息をつく。

今更ながら派遣の立場の弱さを感じたからではない。予想通りではあったが、花穂の業務内容の中に、企画書作成業務と読み取れるものがなかったからである。

――企画書コンペは社内で働く人間なら誰が参加してもよい。

この文言は正しいのだろう。

ただし、正社員以外の人間や、製品企画から遠い部署にいる人間は、業務時間外に企画書を作成せよ。記載していないが、社会人なら当然そこんとこの空気読めるよね？　という声が聞こえるようだった。

以前の花穂ならば、そこからさらに空気を読んで挑戦自体を諦めているのだが、

「負けるものか」

小さく呟くと、仕出し弁当を食べ終わってミケのノミ取りをしている守屋を、そっとうかがった。

企画書コンペの参加には、上長の許可が必要だった。

花穂は三日前から守屋に話しかけるタイミングを計っていて、今、守屋の機嫌はよさそうである。今日は仕事が落ち着いていて、ミケの愛想もいいからだろう。

今が絶好のチャンス！

そう思って腰を浮かしたそのとき、「ただいま戻りましたー！」と松村がお昼から戻ってきた。花穂はぺたんと座る。

松村さんがいないときがよかったんだけど、ああ！　もうタイミングが……！

どうしよう。明日にかける？　でももう三日も待っているし。

松村はスマホをぽちぽちやっていて、こちらに注意を払っていない。花穂は視線をうろ

うろさせていると、デスクの上の一冊の本に目がとまる。

『いいじゃないっ、応援するわ！　そうだ!!　企画書の書き方の本がうちにあるから、今日のご飯のお礼にもっていって〜』

そう、背中を押してくれた人を思い出す。花穂は頬を緩め、デスクを立つ。

「守屋課長、今よろしいですか？」

花穂の顔を見て、守屋は少し驚いた様子で目をパチパチとさせる。

「今日は雰囲気が違いますね？　どうされましたか？」

「社内一斉企画書コンペに参加させてください」

心が折れる前に一息で言う。次の瞬間、花穂はかっと頭が熱くなって、鼓動が速くなった。――うわ、言っちゃった。私、派遣なのに、すごいことを。

守屋は予想もしていなかったようで、呆気にとられた顔をしている。

「社内コンペに、出たいと。うちの、総務部庶務課の、それも派遣さんが？」

そのつもりはないのだろうが嫌みのように言われて、花穂の鼓動は高まっていく。しかし引かない。

「はい！　誰でも参加できるそうなので。企画書作成は、派遣契約外の業務ですので、業務時間外に作成しようと思っています」

そんなことをして何の意味があるの？　お金にもならない。評価にも繋がらないでしょ？

花穂の中で声が聞こえる。その声にあらがって、花穂は口を開く。

「挑戦してみたくて。自分を変えたいというか。仕事に支障をきたしませんから、参加を許可してくださいっ」

「そうはいってもねぇ……」

面倒くさそうに吐息をこぼす守屋。花穂は激しく脈打つ心臓を押さえて直立不動でいると、意外なところから反応が返ってきた。

「いいんじゃないですかぁ、べつに。仕事に支障をきたさないって言ってるんですし。勝手にやらせておけばー」

松村はスマホをいじりながら、気だるそうに言った。守屋は眉を寄せる。

「そうは言ってもねぇ、松村くん。わかるでしょう？　うちの人間が企画書とかそういう華やかなことをすると、なにか言われたりするのは僕だから」

「でもこの子、派遣でしょ。派遣が勝手にやりました。身の程知らずですよね～って笑って返しておけばいいんじゃないですか。そういうの得意ですよね、守屋課長？」

「…………」

思い当たることがあるのか、守屋は沈黙した。松村はスマホを置いて、パソコンを打ち始める。花穂の顔は見ず、

「あんた、自分で言ったんだから仕事の手を抜くんじゃないわよ」

とのこと。

どうやら助けてくれたようだった。そして、許可がとれたらしい。

花穂は呆然（ぼうぜん）としていると、松村は苛立（いらだ）たしそうに言った。

「ちょっと！　クレーム来てるわよっ。昨日、営業二課に届けた名刺、課長の名刺だけなかったって。適当な仕事してんじゃないわよ。あんたすぐに確認してちょうだい‼」

「――は、はい！」

そうして、午後の仕事が慌ただしく始まる。

◇◆◇

名刺のクレームは、営業二課長の勘違いだった。

依頼自体を忘れていたようで、「依頼用紙に記入するから取りに来て！」と慌てた様子で言われた。

「松村さん、私、営業二課に行ってきます」

事情を話すと、松村に嫌そうな顔をされる。

「今日は暇だからいいけどぉ、軽く注意しておいて」

名刺依頼は所定の用紙に依頼内容を記入し、総務部庶務課に用紙を提出するか、メールでPDF送付がルールである。営業二課長はいつも部下に依頼をさせていて知らないのか、忙しいのか。

どちらにせよ一度許すと、次も同じように使いっ走りをさせられる。総務部庶務課はヒエラルキー最下層だが、こちらも忙しいは忙しいのである。

花穂は苦笑してうなずくと、松村は思い出したように言った。

「あんた知ってる？　最近、食堂に小さな冷蔵庫が置かれていて、ワンコインでお洒落なスイーツが買えるの」

「そうなんですか。それは便利になって、みんな喜びますね」

「昼間は売り切れだったのよね。そろそろ補充されてると思うから、ついでに買ってきてくんない？」

「……わかりました。どんなのがいいですか？」

「あんたが美味しそうだと思うものを適当に買ってきて。私の分だけじゃなくて全員分よ。よろしく」

ヒエラルキー最下層の、さらに底辺にいるのが派遣の花穂だ。

てっきりさらなる使いっ走りをさせられるのだと思ったが、これはもしかすると松村の気遣いなのかもしれない。

お金を渡されて、花穂はちょっと驚いた。

「ありがとうございます。いってきます！」

松村さん、優しいかも。いえ、今日がすごく機嫌がいい日なだけ？

まさか、企画書の件で口添えしてもらえるとは想像だにしていなかった。

なんでだろう。なにがあったのだろうと気になるが、モタモタしていたらまた怒られてしまう。

花穂は急いで営業二課に向かう。

営業二課の課長は、四十代の快活な男性だった。

「ごめんねー！　助かった!!　──で、今から依頼すると、名刺いつ届く？　あと三枚しかなくて」

ついでに甘え上手で、ちゃっかりしたご性格。

花穂はにっこり笑顔で対応する。

「そちらに関しましては、業者のほうに納期の確認ができ次第、メールでご連絡させていただきます。それとすみません、名刺依頼に関しましてお願いがありまして……」

松村に言われた通り、言うべきところはちゃんと伝え、納期に関しては回答を持ち帰らせてもらうことにする。

「本当にごめんね～！　連絡よろしく!!」

課長に見送られながら、花穂はミッションクリアと呟いた。

次は食堂だ。

3階下のフロアだったのでエレベーターを待つのはやめ、階段を下りていく。企画書の許可がもらえて気分があがっている。体が軽かった。

午後二時を少し過ぎた食堂は閑散としていた。

松村のいう冷蔵庫はどこにあるのだろう。きょろきょろしていると、食堂にあるべきではない存在と目が合った。

「みゃあ！」

ミケである。衛生的にいかがなものかと思うが、猫はどこでも出入り自由らしい。

その彼が、物言いたげな顔をしているような気がして、花穂は「どうしたの？」と声をかける。

「もしかして冷蔵庫の場所を教えてくれたり、なーんて」

冗談のつもりだったが、ミケはついてこい、というような凜々(りり)しげな顔で歩き出す。

「……あら、本当に教えてくれるのかしら？」

花穂は首を傾(かし)げながら、三毛猫を追いかける。すると、見知った人が食堂の目立たない隅で、うどんを食べていた。

「あ」

相変わらずの大きなヘッドホン。

それで耳をふさいでいるというのに、花穂が思わず漏らした小さな声が聞こえたかのように顔をあげる。花穂は硬直だ。

ど、どうしよう⁉

どうしようもなにも目があっているのだから、無視をしたら失礼である。

「こんにちは」

愛想笑いをして少し近づくと、開発課のエースは、すくっと立った。わざわざ花穂のところまでやってくる。

「こんにちは。あの」

「は、はい！　なんでしょう？」

「いやえーと……いい天気ですね」

「ええ、そうですね」

「………………」

沈黙が落ちる。それはそれは長い沈黙で、国枝は平然とした顔をしているが、花穂はソワソワしだした。

なんなのだろう。うどんを放ってきたくらいだから、なにか話したいことがあるのかと思ったのだけれど。

「うるさくしてすみません。あっちに行きますね？」

「うるさくありません。今日もいい音です」

「え？」

「いえ、なんでも」

以前もそんなことを言われたことを思い出す。

音って、なんだろう。

聞いてみたかったが、なんとなく答えてもらえないような気がした。そして国枝はまた沈黙だ。

花穂は困ってしまっていると、ふいに話すべきことを思い出す。背筋を伸ばした。

「ご報告が遅れましたが、私、企画書コンペに挑戦することにしました」

「え」

「今日、上長の承諾もいただけました。企画書なんてはじめて作るし、どこまでできるかわからないんですけど、頑張ります！」

緊張でつい早口で言ってしまうと、彼は小さくうなずいた。

「それはいいですね。ぜひ、楽しんで下さい」

嬉しそうな声に、花穂の鼓動は速くなった。あれ、私どうしたんだろう。

オロオロしていると、国枝は丁寧な言葉遣いで申し出る。

「企画書の書き方は大丈夫ですか？　今お時間あればお教えしますが」

花穂は国枝が放置した、まだ半分残るうどんをチラリと見る。

おそらく仕事に集中してお昼を食べ損ねたのだろう。それでこんな時間に食べていたのだろうが、それが許されるのは正社員であり、開発課エースである彼だからこそだ。

派遣で下っ端の花穂は、寄り道はできないのである。

「……それは大変ありがたいのですが、その、今、おつかいの途中で」

「おつかい？」

国枝がオウム返しにしたそのとき、ミケの鳴き声がした。

視線をやると、1メートル先に座って花穂が探していた冷蔵庫を見上げている。

「あ、あれです。すみません、失礼します！」

花穂は逃げるようにしてミケのもとへ行く。

……本当に私、どうしたんだろう。

まだ少し躍っている心臓を押さえ、ミケを見つめる。気持ちが落ち着いてきた。

「ミケ、ありがとう。さてっ、買って帰らないと。――うわぁ！」

花穂は感嘆の吐息をこぼす。

冷蔵庫の扉は透明で、その中にあるスイーツがキラキラ輝いて見えたのだ。

フルーツがふんだんに使われたババロアに、生クリームたっぷりのイチゴのショートケーキ、お洒落なティラミス。

一個五〇〇円というだけあって、想像以上にクオリティが高い。節約家の花穂は、コンビニスイーツも買わないようにしているので嬉しくて頬が緩んでしまう。

四人分、なにを買っていこう。

同じ種類のケーキは二つとなく、バラバラで買っていくしかなさそうだった。

誰がどれを選ぶかは分からない。下っ端の花穂が最後に選ぶことになるのだから、どれも自分が食べたいと思う物を、少し時間をかけてチョイスした。

そばに置いてある紙箱に、ケーキを崩さないようにして入れる。

松村から預かった二千円を支払えば、任務完了だ。

「甘いものが好きなんですね」

歩き出そうとしたそのとき、すぐ横から声をかけられて、花穂は飛び上がりそうになるほど驚いた。

――いつの間に！

ケーキを選ぶのに夢中で、国枝の接近にまったく気づいていなかった。もしかして観察されていたのだろうか？　恥ずかしい……！

「え、ええ。甘いもの、大好きなんです！」

半分ヤケになりながらそう返すと、国枝はおかしそうに笑った。

「僕も好きですよ、甘い物。ブドウ糖は脳にいいし、よく摂取します」

「……ブドウ糖」

国枝の食べ物に関する考え方は、花穂とは真逆のようだった。彼は美味しいから食べるのではなく、体が必要としているから食べるということらしい。

少し呆れたが、真面目に言ってくるものだから、花穂は思わず笑ってしまった。

それを見て、国枝はほっと息をつく。

「甘いものが好きなら、週末、つきあってもらえませんか？　企画書のことも相談にのりますので」

そう、うかがうように尋ねてきたのだった。

◇◆◇

花穂は女子力高めの服装で、週末の表参道駅に立っていた。

秋らしい藤色のストールに、白のタートルネック。それに余所行きのフレアスカート。

少し気合いを入れすぎた気もするが、なにせ表参道である。花穂の視界に、お洒落で可愛い女性が楽しそうに闊歩している姿がうつる。

しかし待ち人は、相変わらずの格好でくるのだろう。

『以前から気になっていたお店があるんですが、一人で行くのは少し恐くて。奢りますので、ついてきてもらえませんか？』

国枝の誘いを思い出しながら、花穂はまた、どうして承諾してしまったのだろうと首を傾げる。

愛想がいい花穂だが、休日に会社の人と会うのは気乗りしない。正社員の人とでは金銭感覚があわないし、そもそも立場が違うのだ。

今まで何度も派遣契約を切られてきた。どんなに頑張って働いても仕事は長続きしなかった。あなたはもういらないよ、と。切られるたびにそう言われるようで。

花穂は正社員のちゃんと働いている人を前にすると、つい卑屈な気持ちや反抗的な気持ちになってしまう。

でも、あの人と話しているとき、そういうマイナスの気持ちがわかないのよね。

まったく掃除ができない生活不適合者だからか、周りの目も気にせず社会人と思えない格好をしているからか。

そういう部分がいいのかもしれない。

「あ、あとあの人は、派遣の私にも平等に企画書コンペに誘ってくれたから」

あれはとても嬉しかった。

ふと答えを見つけて、花穂はほんのり微笑む。

きっと今日は大変だ。国枝が行きたがったお店は、花穂も面白そうだと思ったけれど、国枝は『生活不適合者』である。

目元をおおう長い前髪、大きなヘッドホン。会社での服装はジャージかTシャツで、とても社会人に見えない。その彼が、お洒落（しゃれ）な表参道にどれだけ場違いな格好でくるかと思うと空恐ろしいものがあった。

まあ、企画書のことも相談にのってくれるらしいし、周りからの奇異な視線には、頑張って耐えますかね。

入店拒否はされないでしょう、と。

花穂は楽観的に腹を決めた。しかし国枝は、花穂の想像を遥（はる）かに上回る格好でやってきたのである。

「こんにちは。お待たせしました」

「……え？」

はじめ声をかけられても、それが誰かわからなかった。しかしその声には聞き覚えがあり、目線の高さにも共通項はあった。

花穂は目の前の男性を下から上までゆっくりと見上げ、恐れ戦（おのの）いて顔を引きつらせる。

「国枝さん、ですか？」

ちょ、ちょっと待って！　これは反則です!!

「はい、今日はよろしくお願いします」

ヘッドホンは、今日はない。かわりにワイヤレスイヤホンをつけている。

服装はジーパンに、生成りのシャツ。こざっぱりとしたお洒落な感じだ。

長めの前髪は右に流して、綺麗に整えている。野暮ったい眼鏡もない。

そうやって服装を気にかけた国枝は、思いがけずイケメンだったのである。

◇◆◇

表参道駅から徒歩十分。

『文房具サロン』という、文房具と美味しいイタリアンが楽しめる店内はほぼ満席となっていた。

一悶着ありながらもランチのオーダーを終えると、花穂は、そわそわと店内に視線を巡らせる国枝を見つめた。

店内の至る所に、文房具関係の本が陳列され、実際に物珍しい文房具も販売されている。

国枝はそれが気になって仕方がないらしい。

いつものヘッドホンをしている国枝相手だったら、花穂はそれを微笑ましく眺めて、料理を待つ間、店内を見て回りませんか？　と声をかけていただろう。

しかし、だ。

……なんか、予想とは違う理由で目立ってる。

女性客の視線が国枝にチラチラと注がれるのは、彼の容姿が理由だ。一皮剝いたら、彼はたいそうなイケメンだった。

「あの、今日はいつもと服装が違いますね」

ずっと気になっていたことをようやく口にすると、文房具に向けられていた二重の瞳が花穂へと。そして、言う。

「普段は擬態しています」

「ぎたい……」

「僕の見た目は、女性に好ましくうつるようなのですが、僕は女性の足音や甲高い声が嫌いなので、近寄られないように彼女たちの目を欺いているんです」

「………」

予想を遥かに上回る奇異な回答だった。

女性の甲高い声が苦手というのは理解できたが、足音というのは全くピンとこない。しかしふと、花穂は実験室の掃除のルールを思い出す。

「あっ、ハイヒール！　ハイヒール禁止令ってそれで？」

「ええ。あれは最悪です。脳髄をえぐられるような、痛い音として感じられます」

「え、そんなにっ。……いえあの、耳がとても良いんですね」

「聴覚過敏症と診断されました」

花穂は呻いた。――これは冗談じゃなくて、本当なんだ。

ヘッドホンなんて社会人失格と思っていた。が、やむにやまれぬ事情だと知り、己の浅はかさが恥ずかしくなる。

「すみません」

「？　あなたが謝る必要がなにかありましたか？」

国枝は不思議そうに首を傾げると、また店内の文房具に熱い視線を注ぐ。

整った顔の中、黒目がちの瞳が少年のように輝いていた。本当にこのお店に来たかったようである。しかし女性ばかりで、一人では足を踏み入れることができなかったのだろう。

私がここに座っていなかったら、ナンパされたんだろうな。

そんなとりとめのないことを考えていると、料理がやってきた。

「『季節のキノコいっぱいパスタ』と『オーガニックハーブとサーモンのライ麦サンド』になります」

真っ白なお皿を彩る美味しそうなパスタを前にして、花穂は笑み崩れる。

「いただきます」

こんなにお洒落なランチ、すっごく久しぶり！

花穂がにこにこして食べていると、国枝は物珍しそうに目を細めた。

「食べることが好きなんですね」

「ええ！　国枝さんは……そうでもないようですね」

美味しそうなライ麦サンドイッチが置かれても、彼が周りの文房具のほうを気にしているのは明白だった。味わって食べる花穂とは対照的に、さっさと口の中にサンドイッチをつめている。

「食事も料理も、非効率だと思うんです。栄養剤で人間の体の健康は維持できるんじゃないか、と。そういう考えでして」

それは、料理好きな花穂にはとうてい聞き捨てならなかった。

フォークとスプーンを置いて、国枝をまっすぐ見る。

「それはたしかに、仰るとおりかもしれません。でも——それが楽しいんじゃないですか。そのときそのときの旬の食材を買ってきて、どうすればこの子が一番美味しくなるか考えて、実際に作ってみて想像以上のものが出来上がると嬉しいです。私が作った料理を、友達が褒めてくれると、とても満たされた気持ちになります。この料理を作ってくれた人だって、きっとそういう気持ちで……」

花穂は反論ということをしない。しかしそのときは妙にあせってしまって、口からボロボロと言葉が出てしまったのだった。

「……なるほど」

　というどこか冷めた声音に、我に返る。

「す、すみません。生意気なことを」

「いえ」

　その後の食事は沈黙が続いた。

　カチャカチャと、食器の音ばかりが耳につく。気まずい空気に花穂が後悔していると、デザートがやってきた。

「『店主おすすめ文房具つきチョコレートパフェ』と『お客様人気ナンバーワン文房具つきフルーツパフェ』です」

　その途端、国枝の目が輝いた。もちろんパフェにではなく、それについているオマケの文房具に対してだ。

　よかった、注文しておいて。

　花穂は食事のみいただくつもりだったが、国枝に押し切られ豪華なデザートまで奢ってもらうことになった。国枝の今日の目的がこれだったからだ。

　フルーツパフェといっしょに添えられた文房具を、国枝にそっと渡す。

「ありがとう」

　握りこぶしほどの、セロファンに包まれた文房具を、彼は宝物のように取り上げる。

「ああ、なるほどなるほど。女性に人気のマスキングテープと、付箋を組み合わせた製品なんだ。これははじめて見た。付箋をマスキングテープのように必要な分だけ切り取れるのはいい。この発想なかったな。これは便利そうだ……」

独り言をつぶやく彼に、花穂はホッとする。

機嫌が直ったと思ったのだ。しかし花穂はそもそも勘違いをしていた。

「本当に、文房具が好きなんですね」

「ええ。――たぶん、僕にとっての文房具は、高山さんにとっての料理かもしれません」

「え？」

「さっきお話を聞いていて思ったんですよ。僕が文房具を作るときと似ているな、と」

それを聞いて、国枝は別に怒っていたわけではなく、考え事をしていたのだと知った。

さらに自分の料理が認められたような気持ちにもなる。

「こ、光栄です。私の料理は国枝さんと違って生産性はないんですがっ」

急に緊張してしまって、花穂はフルーツパフェをつついた。桃のシャーベットはとびきり甘い。

国枝さんって……もしかすると、もしかすると、すごく素敵な人なのかもしれない。

そんな人と、お洒落をして表参道でランチして、周りから羨望のまなざしを向けられる状況とは、一体どういったことだろう。

まるでデートみたいじゃない、という今更ながらの事実に気づき、花穂は激しくうろたえて、

「あ、あの！　企画書のことをお聞きしてもよろしいでしょうか!?」

余計なことを考えないように、頭を仕事モードに切り替えたのだった。

◇◆◇

表参道から帰ってくると、花穂はほわほわとした気持ちのまま、ちゃぶ台の上でノートを開いた。

買ってきたばかりの鉛筆をすべらせ、丁寧に『企画書』と記す。

「楽しかった……すごく、勉強になったなぁ……」

企画書とは一体なんなのか？

という花穂の初心者中の初心者の質問に、開発課エースは呆れることなく答えた。

『企画書というのは、新しい企画を実行するための計画書を指します。具体的には企画の内容、コンセプトや購買層、スケジュール、コストなどを明記したものを言いますが、今回のコンペでは、スケジュールやコストなどの記載がなくても問題ありません。それを試算できない人の参加が認められているからです』

よどみなくわかりやすい説明を前にして、花穂はそぉぉぉ、と手をあげる。当たり前のことを聞くのは無知をさらすようで恥ずかしいが、この機会を逃せないと思った。

『あの、コンセプトというのはどういったものなのでしょうか？』

『いい質問ですね！　売れている製品というものは、終始一貫してブレることのない基本的な方向性があります。これが、コンセプトというものです。たとえば――ああ、あれ』

国枝は店内のポスターを指した。

レトロな海外のアートポスター。カフェで書き物をしている壮齢の男が、手元を見つめている。ポスターには『BLACK WING』の文字が躍っていた。

『あれは、ブラックウィングという鉛筆の販促ポスターです。ブラックウィングは20世紀に生産中止となった鉛筆ですが、その素晴らしさから、みなこぞって残った製品を買おうとし、一本四十ドルという高値がついたという逸話があります』

『え、どうしてですか？　鉛筆一本になんでそんなことに』

『当時の鉛筆の中で抜群に書き味がよく、有名アーティストがこぞって愛用していたからです。ブラックウィングは、鉛筆をただ記録する道具ではなく、その書き味で、アーティストに創造性を与えました』

『すごいですね、そんなすごい鉛筆があったんですね。生産中止になって残念です』

その言葉に、国枝は嬉しそうに笑った。

『そういう声が力となって、その後、ブラックウィングは復活しました。ほら、ここの販売コーナーで売ってますよ。――さて、今の話から感じる、ブラックウィングのコンセプトとは、一体なんだと思いますか？』

花穂はすぐに答えられなかった。しかし国枝はそれを咎めることはせず、次会うときの宿題として渡された。

『企画書も、できたら見せてくださいね』

本当に文房具が好きなのだろう。楽しそうな笑顔を思い出し、花穂はため息だ。

「ブラックウィングのコンセプトかぁ」

花穂は握った鉛筆を見下ろす。『BLACK WING』と刻まれている高級鉛筆を。

「ブラックは鉛筆の芯の色のことでしょ。じゃあ、ウィングは？　直訳すると翼だけど。想像の翼？　コンセプトは想像の翼を与える、鉛筆？」

あのときそう答えていたら、国枝はどんな顔をしただろう。

「あの人、すごいな……」

ただの一本の鉛筆に、そんな歴史があるなんて想像もしていなかった。

いっしょに話したのは二時間だったが、国枝は文房具の世界の面白さを覗かせてくれたのだ。

花穂は感嘆の吐息をつくと、ほうじ茶を淹れるために腰をあげる。

楽しい時間というのは、その時間が楽しければ楽しいほど、過ぎ去った後に寂しい気持ちになる。しかし今日はそれがない。

「企画書、頑張ろう」

一つの約束が、花穂にやる気を与えていた。

◇◆◇

仕事の後、スキル向上のために勉強をする。

派遣をはじめた頃は、どうにかまた正社員になりたくて資格取得を頑張っていた。

二年くらいは続けたものの、資格を仕事で役立てることができず、その上、何度も派遣契約を切られたことで、向上心を維持するのが難しくなった。

そして、ある日思ってしまったのだ。ああ、こんなことをしても無駄だ、と。

それで、やめた。

今、また無駄なことをしている。

「でも、前よりも楽しいな」

コンセプトをどうしようと考えながら、花穂は夕飯を作る。食べ終わったら、文房具雑誌をまた読み直そう。明日は、いろんな文房具屋さんを回ってみよう!

花穂は久しぶりにやりがいを感じていた。

不思議なもので、目的があると仕事の後も充実した時間を過ごすことができた。疲れているのに、最近の文房具の流行を調べるのは楽しくて！

今週末は企画書を作り上げようと、花穂は張り切っていたのである。その、電話に出るまでは――

スマホに表示されていたのは、知らない番号だった。だからうっかり出てしまった。

『よう！』

声を聞いた瞬間、花穂の表情は凍り付いた。

「貴也（たかや）……スマホ変えたの？」

『そうそう。それよりこれから飯食いに行かね？　金曜だし、暇だろ？』

「えーと。その、今日は先約があって。ほら、前に話した企画書の件で、美人の先輩が相談に乗ってくれることになってるからっ」

嘘（うそ）をつくのは心が痛むが、今日は企画書をやると決めていた。休日に企画書を完成させて、月曜日に国枝に見せに行きたいのだ。

しかし、嘘をつくと嫌なことが起きるものである。

『え、コンペ出ることにしたわけ？　派遣なのに!?　無駄だろ、お前仕事できないし。こないだだって、俺の仕事の話についてこれてなかったじゃん。企画書の相談って。相談される相手も迷惑なんじゃね？　約束をキャンセルしてやんなよ？』

毒のような言葉が、花穂の心を支配してゆく。

花穂は気づかぬうちに、卑屈な笑みを浮かべていた。

「そうだよね……でもごめん、これから急にキャンセルするのも失礼だから。本当にごめんね。ありがとうっ」

それ以上、貴也の言葉を聞いていられなくて、花穂はスマホを切る。その場にへたり込んだ。

「……大丈夫。ちゃんとやれる」

調子に乗っているところに、自分を否定する声を聞いたせいで体が震えていた。

花穂はゆっくり立ち上がると、バッグからペンケースを取り出した。『BLACK WING』の鉛筆を両手で握りしめる。

「大丈夫。私でも、ちゃんとした企画書を作ることができる。大丈夫！」

そう己に言い聞かせた。

己を追い詰めるように、言い聞かせたのだった。

◇◆◇

「大丈夫ですか？」

心配そうな声に、花穂はハッとした。大きなヘッドホンと、長い前髪で顔が半分見えないが、国枝が申し訳なさそうな顔をしている。

「すみません、また掃除をさせてしまって。疲れましたよね？」

「いいえ。大丈夫です」

花穂は慌てて首を振る。その手には、雑巾が握られている。

宮内に泣きつかれたからではない。花穂が自主的に手をあげたのだ。

そろそろまた、開発課が大変なことになっていそうなので掃除に行きますか？　と言ったら、あっさり守屋の許可が取れた。しかし花穂の目的は掃除ではない。

「今日は企画書を見せに来てくれたんですよね。いいですよ、掃除は適当で。――呼んでもらえれば、お昼休みに食堂で会うこともできたのに」

「そうですね」

花穂はうなずいたが、それは無理だなと思っていた。

国枝は悪目立ちをするのでお昼休みに会うのは難しい。花穂は派遣なので、お昼休み以外に時間を取ることができないのである。

「企画書を見てもらうお礼に掃除がしたかったので、気にしないでください」

「……でも、体調が悪いんじゃないですか？　今日はなんだかボーッとしているようで」

隠しているつもりが見抜かれていた。誤魔化すように笑う。

「ただの寝不足です。土日に企画書を頑張りすぎたせいか、なんだか興奮してしまって。眠りが浅かったみたいです」

そう説明したが、国枝は口をへの字にしたままだ。花穂の手から雑巾を奪った。

「掃除はこれで終わりにしてください。これで十分、綺麗です」

「いえでも」

「それより、文房具の話をしましょう。ブラックウィングのコンセプトは、なんだかわかりましたか？」

散歩を急かす犬のような、きらめく瞳で尋ねられて、花穂は苦笑する。自分なりの考えを述べると、国枝はうなずいた。

「そうですね。それも一つの答えだと思います」

「答えは、複数あったのですか？」

「ええ。オリジナルの『BLACK WING』は20世紀に作られた鉛筆ですからね。今はもう、どういったコンセプトで作られたかは知る術がありません」

「……では、国枝さんは、コンセプトは何だと思いましたか？」

「僕、ですか？」

しばらく考えるように、彼は口元に手を当てる。そうですね、とうなずいた。

「当時、世に出ている鉛筆と比べものにならない書き心地で、アーティストのみならず使った人全てを驚かせたかったのかなと思います。鉛筆の常識を覆そうとする野心というか、こだわりというものを強く感じますね」

それは第一線で文房具を作っている人らしい感じ方だった。花穂はふと不安点に気づき、持ってきた企画書を抱きしめる。

そのことに、国枝は気づかなかった。無邪気に言った。

「話はこれくらいにして、次は企画書を見せてください。早く見たいです」

急かされて、花穂は『大丈夫』と心の中で自分に言い聞かせる。

「……よろしくお願いします」

「拝見させていただきます」

ファイルから三枚の企画書を取り出して渡すと、国枝はデスクに座って読み始めた。

読むスピードは遅い。いや花穂が遅く感じているだけかもしれない。

この一週間、仕事の後や休日に一生懸命作った企画書だ。枚数は三枚と少ないが、流行を調べて統計をとり、これと方向性を決めた後は、読みやすいよう何度も下書きして、パソコンで打ち直したもの。

花穂の努力の結晶に視線を落としたまま、国枝は批評をはじめる。

「最近の流行をよくとらえていると思います。リモートワークの普及で、二つ以上の役割を果たす文房具や、スペースを取らない利便性の高い文房具が売れています。この企画書のペンケースはそれらの要素を満たしています。満たしていますが……」

国枝はここで首を傾(かし)げた。

「熱を、感じない？」

「………」

「ああそうだ。こだわりというものがないんだ」

悪気なく呟(つぶや)いた国枝は、花穂の顔を見て、慌ててその場に立った。

「すみません！」

「いえ」

「……読む人に配慮された親切な企画書だと思います。イラストが入っていて、とてもわかりやすいですし、コンセプトもしっかりとあります。問題ない出来です」

それがお世辞なのは明らかだった。花穂は深々と頭をさげる。

「読んでいただいて、ありがとうございます。……あの、一つお聞きしてもよいでしょうか？」

「はい」

やめろ、その質問をするな。傷つくだけだぞ、と。

花穂が口を開くのを、心の中で誰かが止める。けれど聞かずにはいられなかった。

「もし、この企画書をもっといいものにするとしたら、なにを勉強すればいいと思いますか？」

「勉強。それは……」

そういうことではないと思います、と国枝は苦しそうに目をそらす。

それがこの企画書の評価の全てだった。

◇◆◇

頑張っても結果が出ない。

そんなこと今まで何度もある。

慣れっこだ、そんなこと。

それを重々承知で挑戦した自分は偉い。とてもとても。

そう己に言い聞かせながら、花穂は一心不乱に仕事をしていた。

企画書を見てもらう時間をとったから、仕事が滞っている。物事がちょっとうまくいかなくたって、目の前の仕事はやらないといけない。

それなのに、嫌な声が聞こえてくる。

『ほら、言ったとおりだったでしょう！　最下層の総務部庶務課の、それも派遣さんが、どんなに勉強したところで恥をかくだけだって』

『花穂は仕事ができないんだから。大人しく趣味の料理でもチマチマして、俺の言うことを素直に聞いてればいいんだよ』

嫌な声が頭の中をぐるぐる回る。

花穂はそれから逃れようと、仕事に集中しようとする。パソコンを打ち続け、電話で愛想笑いをして。

はいこの仕事完了。次の仕事。その次はこれ。これ、これ、これ。

「ちょっと！　聞こえてないの！」

「は、い」

松村に声をかけられていた花穂は、目の前で怒鳴られて、ようやくパソコンを打つのをやめた。

「あんた、さっきから変よ。なに、どうした？」

濃いアイシャドーの目が、怪訝そうに細められている。花穂はその場で頭をさげた。

「すみません。思いのほか、仕事が滞っていて。あ、あせってました」

すみません、すみませんとペコペコ頭をさげると、松村は苛立った様子で舌打ちした。

「そういうふうにすぐ謝るのやめてよね。私がいじめてるみたいじゃない」

「すみません」

「だからぁぁ！」

はぁぁぁと、その太ましい体中にためこんだ空気を、松村は一気に吐き出した。蒸気機関車のような音に、守屋がびくっと顔をあげる。

「なにどうしたの？　なんか問題？」

「なんでもないです〜」

松村は猫なで声でそう返すと、花穂のデスクの上の書類を睨みつける。

「それ、私がやるからよこしなさい。あんた、また〝あの〟開発課に行ってきたんでしょ？　あいつら、ほんとこっちに面倒かけてるのに感じ悪いし、大変だったんでしょ？」

「い、いいえ。それは別に」

「強がんなくていいわよ。ほんと、真面目よね」

松村は花穂のデスクから、未処理の書類を掻っ攫っていく。

花穂は情けなさに泣きたくなった。

……私、通常業務もこなせなくて周りに迷惑かけて最悪だな。こんな私じゃ、ちゃんとした企画書を作れなくて当然よね……？

自信たっぷりな、きわ子の姿を見て、なにかに挑戦したかった。

自分を変えたかった。

でも、やっぱりダメなんだ、と花穂は諦める。そのときだった。

「私さぁ。派遣って嫌いなのよね」

松村がデスクで仕事をしながら、そう言った。

「特に、宝城（ほうじょう）きわ子とかね。仕事できるくせに、一生懸命やってない感じがしてさ。どんなに余裕があってもこっちの仕事を手伝おうとしないし、絶対定時にあがっていくし。本当に仕事できるのにね、あの女」

悔しそうな響きに、花穂は顔をあげる。松村はきわ子の事情を知らないから、不真面目にやっていると誤解しているのだと気づいた。

「でもそれはっ」

「あんたの前に来た、派遣もねぇ。他部署のキラキラした感じが羨ましかったみたいで、この部署のこと見下してる感じで。そのくせ、仕事できなかったし」

松村の声がかぶさって、花穂は口を閉ざす。彼女は一体、なにを話そうとしているのだろう。

「あんたは、派遣の中ではわりとマシなほうよ。こんなところでも真面目に仕事するし、頑張ってると思う。企画書もね。ちょっと応援してる、無謀だけど」

「………」

予想外の言葉に、花穂は何も言えなかった。沈黙に耐えられなくなった松村は、不機嫌そうに、

「ちょっと！　なんで黙ってるのよっ。スべってるみたいで恥ずかしいじゃない」

「うんうん、松村くんはある意味とても正直なんですよね〜！　ときどき暴走してくれますが」

引き取ったのは守屋だった。和やかに微笑んでいる。

「守屋課長、どういう意味ですか！　……それより、小門っちまたいないんですけど、どこ行ったんですか!?」

「うーん、他部署に持ってかれましたね〜？」

「困るんですけどっ。今日うち忙しいんですけど！」

「まあまあ。高山さんが入ってずいぶん楽になりましたから。猫の手も借りたい状況から脱却してよかったよかった」

会社の最下層。地下の薄暗い総務部庶務課に、穏やかな空気が流れていた。

その中にいる花穂は、自分がいつの間にか、この課に受け入れられていたのだと気づいた。

私の頑張りは認められていた、この人たちに。

そんな、ただそれだけのことが今はとても胸にしみて感じ入っていると、松村が厳しく問うてくる。

「コンペの申し込み締め切り、三日後でしょ？　用意できたの？」

「……え、えーっと。はい、用意します！」

「なに！　まだやってないのっ。トロいわね!!」

苦手だった叱責の声。それが今は力となって、花穂の丸まった背中を押す。

花穂は没になった企画書を睨んで、両手を握りしめた。

「――どうにかします！」

どうすればいいかわからないけれど、最後まで足掻きます！

そう心に誓ったとき、嫌な声が遠のいていった。

そのかわりに蘇ったのは、卵焼きに目を輝かせるスーパー派遣の歓声だった。

◇◆◇

昔ながらの急須で、緑茶が注がれる。

危なっかしい手つきで淹れているのは、小さな男の子だった。

「粗茶でござる」

「……ありがたくちょうだいいたします」

毛足の長い敷物の上で正座をして、花穂は健太に頭をさげる。スーツから部屋着に着替えたきわ子が、慌ててやってきた。

「花穂ちゃん、そんなかしこまらなくていいから！」

午後七時、花穂はきわ子のマンションにいた。企画書について相談したいとLINEを送ると、きわ子はすぐに返信をくれたのだ。

『コンペの締め切り近いし、速効、相談にのりたいところだけど、私、早く帰らないとまずいのよ。――だから、うちでご飯でもしましょ！』

フットワークが軽く、頼りになるきわ子を、花穂は拝む他ない。せめてものお礼にと晩ご飯を作ると申し出たが、これも突っぱねられる。

『こういうときは、デパ地下のお弁当！　大事な勝負前は、ラクして豪華なもの食べなきゃ!!』

有無を言わせず、きわ子に帰路途中のデパートに引っ張っていかれた。

ガラスのローテーブルには、普段の花穂なら買わないような、ハンバーグやお寿司や牛タン弁当やらが並んでいる。

「健太、どっちがいい？」

「これ！」

きわ子は花穂の隣に座ると、残った牛タン弁当を引き寄せた。

花穂はお寿司である。なんと半額だったのだ。

あんまりデパ地下って行ったことないけど、割引されたこのお値段だったら、ときどきはいいかも。

「あ、美味しい～！」

イクラは口の中でプチプチとはじけて、酢飯にからみつく。花穂は破顔した。

「あ、いい顔に戻ったねぇ。それで？　なにがあったの？　企画書をダメだしされたって言ってたけど、一体どこのどいつに難癖つけられた？」

「――難癖なんてそんなこと！　……開発課の国枝さんに、正当に評価していただきました。あ、国枝さんはちゃんとした人ですよっ？」

普段のヘッドホン姿はとてもちゃんとした人には見えないだろうから、花穂はそう付け加えたが、心配無用だった。

「あ、それは間違いないわ。開発課の文房具王子か～」

「……文房具王子、ですか？」

たしかに、国枝は実はイケメンではあるのだが、なぜ知っているのだろう。

きわ子は特に誇るでもなく、当たり前のように言い放つ。

「いつも変な格好してるけど、身長高いし、顔立ち整ってる。声も悪くないよね？　企画力、開発能力段違いの天才で、頭もいい。だから前に、そのツラさらして、商品ＰＲに使わせてくれませんか？　って言いに行ったの。そしたら逃げられた」

広報課のできるスーパー派遣は、目の付け所が凄すぎる。切り込み方も鋭すぎる！

「……国枝さん、ハイヒールを履いた女性が苦手なようです」

だから公の場は勘弁してあげてください、と。

そう口添えすれば、きわ子は目をまん丸にする。

「へえ、花穂ちゃんあの難物と会話できるんだ。凄いね！」

「――――ッ！」

凄いきわ子に褒められて、花穂はカンパチのお寿司をしょうゆ皿に落っことす。

「な、何を言ってるんですか!?」

「え？　普通の感想。だってあれ結構な天才で変人よ？　私が言うのもなんだけど」

「そういえば――きわ子さんと国枝さん、似てるかもしれませんね。天才は天才を知るんですね」

憧れのまなざしを向けると、きわ子はくすぐったそうに笑った。

「まったく可愛いなぁ♪　さて、そんな花穂ちゃんのために、その没になったという企画書とやらを見せてもらうかな」

きわ子はいつの間にか、牛タン弁当を食べ終わっていた。花穂は慌てて自分のバッグから、企画書を取り出す。残ったお寿司はあとだ、あと。

「私、家だと早食いなのよね。花穂ちゃんはゆっくり食べてて」

「いえそんな！　大丈夫ですっ」

「いいから。美味しい物は美味しい内に食べないと怒るわよ？」

花穂はお寿司ときわ子を交互に見つめ、うなずいた。素直なのはいいこと、ときわ子は笑って、企画書を読みはじめる。

ああっ。お寿司は美味しいけど気になるっ！

花穂はチラチラと、きわ子を見ながら、お弁当をお腹に片付けていく。すると、健太が花穂にお茶のおかわりを淹れながら、

「あせるでない。よく噛むのだ」

「は、はい……」

六歳でもきわ子の息子だ。どっしりとした雰囲気の子供に肩を叩かれて、花穂はお寿司に集中した。

食べ終わって一息つく。待っていたように、きわ子が口を開いた。

「すっごい苦労して作ったのはわかる。その上で、意地悪なこと聞くよ？　花穂ちゃん、この企画書の文房具、売ってたら買いたい？」

「…………いえ」

買いたいと思いません、と花穂が小声で返すと、きわ子はずばり問題点を告げた。

「まあそういうことだよね。この企画書には、この商品が好きで作りたいという熱意を感じない。綺麗に整えられているけど」

「国枝さんにも同じように言われました。やんわりとですが」

きっと優しい人なのだろう。花穂が傷つかないようにハッキリとは言わなかった。けれど、花穂は『ブラックウィングを作った人の気持ち』を国枝が語ったときに気づいてしまったのだ。

ブラックウィングは職人がこだわって野心をもって作られた鉛筆だ。それに比べると、花穂の企画書のなんと薄っぺらいことか。

「私、企画書コンペに挑戦して自分を変えたいと思いました。ちゃんとした企画書を作らなきゃって。でもそうじゃなかったんですよね。このコンペに出る人は、作りたい文房具があるから、商品化実現のために参加するわけで」

「まあ、流行を読んで、一般ユーザーが好む文房具を作るというのも間違ってはいないんだけどね。ただ花穂ちゃんの場合、その辺りも弱いの。当然よね？　素人なんだから。で、素人が勝とうとするなら、自分の熱い気持ちを貫いたほうがうまくいく場合が多い」

きわ子はのびのびと足を伸ばす。企画書をローテーブルに投げた。

「失敗は成功のもとよ。次は、自分が買いたいと思う商品を考えて、まとめればいいんじゃない？」

「私が、買いたいと思う商品ですか……」

「そうそう。売れるものとか考えないで、思いっきり自分が好きなものを詰め込んでぶちかましてやればいいだけ」

「理屈はわかるんですが」

悲しいことに、きわ子に励まされれば励まされるほど、花穂は自分の欠落を感じ取っていた。

「私……」

己の手の平を見ながら告白する。

「自分が、なにが好きなのかよくわからないんですよね」

「——え？」

「洋服は流行のものとか、売れてるもの、人がいいよっていうものを、流されて身につけてる感じで。文房具もデザインが変じゃなければそれでいいかなって。節約意識が強いから、散財するのが苦手で。必要な物を必要なだけ買うみたいなつまんない性格なんですよ」

つまらない自分が、周りの人の目を引くような企画書を作れるわけがない、とそう思っている。でもそんな自分を応援してくれる人がいる。

「どうしよう。あと三日で、自分の好きを詰めた企画書ができる気がしない……」

わからないから、と。

花穂は呆然と呟いた。そんな彼女を、きわ子は痛ましそうに見つめていた。

「ねえ？　今まで、自分の好きな物を否定されることが多かった？」

「え？」

「それとか……そうね。自分の努力を認められることが少なかったとか？」

真剣な表情に、花穂は自分の心を見つめる。思い当たることはいくつもあった。

「そうかもしれません」

はじめて入った会社の経営が傾いて厳しい指導を受けたり、派遣契約を短期で切られたり、貴也にバカにされたり。

過去のことを数え出すと、急にお腹が痛くなって、花穂は首をふって思考を放棄する。

「花穂ちゃんは、自分の心の声が聞こえにくい状態なのね。それだけきっと、周りに気を遣って頑張ってきた証拠」

そうなのだろうか？　よくわからない。

「きわ子さん、私どうしたら……」

「どうしたらって」

きわ子は途方にくれたような顔になった。花穂はそれを見て落胆したのだけれど、きわ子は少ししたらやっぱり笑うのだ。

「頑張るのをやめてみる、とか？」

「へ？」

あげく、花穂が想像もつかないことを言い出した。

得意げに、胸を張って。その場に立って、右手を天へと突き上げる。

「そうよ！　果報は寝て待てってって言うじゃない。今日はのーんびりしましょ！　お酒呑みも！」

「え！　でも明日仕事で」

「ここから通えばいいじゃない！　下着だけ買ってきて、洋服は私の貸してあげる。はい、オールオッケー！　そんなわけで朝まで呑むわよ!!」

オールオッケーってどこがだ。

「す、すみません、今、私たぶん、頑張り時ですよね!?」

「そうよ。頑張りすぎて自分を見失ってるから、頑張って、頑張るのをやめるの」

「──そんな屁理屈っ！」

しかしきわ子は本気だ。本気で言っている。

花穂が唖然としている内に、大量のビールを抱えて持ってきた。

「花穂ちゃん、おつまみ作って～！　私、健太をお風呂にいれて寝かせてくるわ!!」

「えー、母だけズルィ」

ぐずる幼子の腕を引っ張って、さっさと準備に取りかかる。花穂は気づけば一人、取り残されていた。

……なんだろう、この展開。

自分は今やるべきことがあって、すごく困っているはずなのに。それなのに、酒盛り？泊まりで？　一体どうしてそうなった？

わけが分からなかった。けれど、

「あ。おつまみ、なにがいいかしら……？」

ふらふらと台所へと歩き出す。

◇◆◇

プシュッと！

また、缶ビールのプルトップを倒す音が響く。

「このザーサイと葱とチャーシューのおつまみ、なにこれ!!　美味しい～！」

酒盛り開始二十分。赤ら顔で、四本目のビールをグビグビあけるきわ子は上機嫌だ。対する花穂は、一本目のビールをちびちび舐める。

「花穂ちゃん、ぜっんぜん、呑んでないじゃない。まだ悩んでるの～？」

「いえ！　なんというか、明日仕事なのに、呑んじゃっていいのかなぁと」

大学生の頃に経験した飲み会や合コンは馴染むことができず、就職してからは毎日忙しかった。貴也がときどき押しかけてきて呑むこともあるが、翌日、仕事を控えて酒盛りというのははじめてである。

「まったく真面目ねぇ。私の若い頃なんて、五時まで呑んでそのまま仕事してたわよ」

「五時!? それで仕事できるんですか!!」

「どうにかなるもんよ、というかどうにかするのよっ。まあ、今考えると、あれは『バカ』状態だったと思うけどねー……でも、花穂ちゃんには、その『バカ』な部分、分けてあげたい。なんなのよぉ、もう! 真面目すぎっ。好きなものがわからないってぇぇ!!」

きわ子が怒りだしたので、花穂はすいません、と隠しておいた卵焼きを、きわ子の目の前に置いた。

「きゃあ、卵焼き〜♡」

喜色満面のきわ子を、花穂は笑みをかみ殺して見つめる。

こんなふうに誰かと呑む日が来るなんて。

愛想はいいが、花穂は積極的に人と関わらずにきた。壁を作ってきた。それがきわ子にぶち壊されて、なんだか嬉しい。

好きなものはわからないけど、自分が作った物を誰かが美味しそうに食べるのを見るのは好きだな、と思って、花穂は挙手した。

「私、きわ子さんが、私の卵焼きを食べているのを見るの好きです！」

きわ子は卵焼きをモゴモゴしながら、うんうんとうなずいてくれる。それに背を押され、ビール缶をぐいっと仰ぎながらまた考える。

白い泡を口につけ、叫んだ。

「だから、私、料理するのが好きです！」

「へえ、それからそれから〜？」

「うーん、ということは料理に役立つ文房具とかだったら、私、楽しく作れます？」

ふいに思いついて口にすると、きわ子は苦笑した。

「……急に真面目に戻っちゃったわね」

「すみません。料理に役立つ文房具ってなにって話ですよね？」

「別にいいんじゃない？　もっと『バカ』になって頭空っぽにして、そんな感じでやりたいこと、好きなことを言ってみたら？」

きわ子が優しくそう言うものだから、花穂はなるべく頭を空っぽにしようとする。きわ子曰く『バカ』になろうと頑張る。

「そういえば……料理ブログ、きわ子さんに勧められたけど自信がなくてやれませんでした。でも、やっていたら好きになったかもしれません」

「今からやればー！　この勢いにのってさ。パソコン貸してあげる〜」

「えー！」

冗談だと思ったら、きわ子は本当にノートパソコンを持ってきた。

「え、本当にやるんですか？」

「そうよ～。思い立ったが吉日よ！」

「でも、なんの料理をあげれば」

「卵焼きでしょ！」

怖じ気づいていたら、きわ子は華麗なキータッチであっという間にブログの登録をすませてしまう。あとは、作り方を入力すれば完了のところで、ノートパソコンを花穂にバトンタッチだ。

花穂は困惑して、キーボードを撫でた。

「でもこれ、普通の家庭料理ですよ。私の料理、『地味』って言われます。載せたって誰も見ませ……」

「ねえ！　その地味って言ってきた奴、花穂ちゃんが好きなものがわからなくなった元凶？」

「……あー」

そうかもしれません、と言ったら、きわ子は爆発するかもしれない。

あはは、と笑って誤魔化して、花穂は卵焼きの作り方を入力する。

カタカタと、カタカタと。

その音を聞いていると、きわ子に頼まれて、料理レシピを書いたときのことが思い出された。

「私、料理レシピを書くのも好きかもしれません。はじめはきわ子さんに頼まれて書いたんですけど、その後、国枝さんに鉱石が練り込まれた色鉛筆をもらって。キラキラの色鉛筆を見ていたら、もっと素敵なレシピが作れると思って、わくわくしました」

七色の鉱石が練り込まれた色鉛筆。

目の前で生まれる、きらめきの軌跡は、何物にも縛られず自由で。

――羨ましいほどに自由で。

「あのレシピに使われていた色鉛筆って、文房具王子からのプレゼントだったんだ」

「ええ、掃除をしにいったらお礼にっていただきました。――あの色鉛筆、凄いですよね！　文房具で、あんなに興奮したことはなかったです。でもコストがかかりすぎて、販売されなかったみたいで。残念です……」

きわ子は興味深そうに、目を細める。

「そんなに残念なら、花穂ちゃんが作っちゃえば。自分が理想とする色鉛筆。企画書コンペにだしてさ」

「……え？」

一瞬呆然とした花穂だが、ハッとする。そうか、そういうふうに考えるのか。

「うちの主力商品は色鉛筆だから、企画書のウケもいいよ？　あとはどう方向性を決めるかだけど」

「ほ、方向性……」

「文房具王子は、鉱石を練り込んだ、どんなものも煌めいて描ける色鉛筆。花穂ちゃんならどう作る？」

「……私」

花穂は慌てて、レシピを書いたときの感覚を思い出そうとする。

キラキラと綺麗な線。

真っ白な画用紙に軽く滑らせるだけで、夢のような軌跡が描かれて、わくわくした。どんどん線を引いて、引いて、卵の絵を描いたとき、ふと思った。

「あ……！」

それ、を思い出して、ひらめいた。

「私……私、一つだけ、不満に思ってしまったんです……こんな素敵な色鉛筆を作った国枝さんに、失礼かもしれないけれど」

「失礼とかどうでもいいから。あなたは、どう思ったの？」

先をうながされて、花穂は重い口を開く。

「綺麗な色鉛筆だけど……食材を書くときはキラキラしすぎて、ちょっと不自然だなって。食べ物が美味しそうに見えないなって、思いました……」

恐る恐る口にした瞬間、きわ子は嬉しそうに笑った。上出来とでもいうように。

そのとき花穂は心底、安心したのだ。

自分の考えが否定されず、受け止められて。だからそのまま、自分の望みを言った。

「……私は、食べ物が美味しそうに描ける色鉛筆が作りたいです」と。

そう言った瞬間、花穂の中で凍っていた感情が決壊する。

——ああ、もしも。

もしも、そんな素敵な色鉛筆が売っていたら、私は絶対に買っている。買わずにはいられないだろう。

確かにそう思ったのだけれど、すぐに、そこからさらなる欲が湧いてきた。

「それで」

その欲を口にしても怒られたりしないと、花穂はもう知っていた。

「レシピを記入しやすく工夫されたレシピ用のノートとか、大さじとかフライパンとか調理器具のシールも付属してあったら、便利だと思います。イラストがうまく描けなくても、きっと自分だけの素敵なレシピが作れるから。だからもし。もし、そんな料理レシピ専用の文房具が売っていたら、私はすっごく嬉しいと思います！」

湧いてくる、湧いてくる。

『好き』という感情が。

この気持ちを書き留めておきたくて、花穂はノートパソコンを見たが、なんとなく違う気がした。

いつものノートと、お守りとなっている『BLACK WING』の鉛筆を取り出す。

花穂が想像の翼だと思った鉛筆を握った瞬間、さらに気持ちは溢(あふ)れ出した。それを一欠片(かけら)も逃したくなくて、字が汚くなるのもかまわずに殴り書きしてゆく。

こんな熱い気持ちが自分の中にあったことに驚きながら、無我夢中で己の翼を羽ばたかせる。

そんな花穂を、きわ子は苦笑して眺めていた。

「あーあ、そんな楽しそうな顔で仕事しちゃって。——いいなぁ」

その羨ましそうな声は、集中した花穂には届かない。花穂は自分の世界に入って、ただ企画書を作り上げてゆく。

二時間後。

新しい企画書が出来上がった。それは以前のものよりも、花穂にはつたなく感じたのだけれど、自分の想(おも)いがぎっしりと詰まったそれを変更することはできなかった。

翌日、花穂は企画書コンペにそのまま提出することにしたのだった。

◇◆◇

社内一斉企画書コンペは全社員による投票と、社長の鶴の一声で結果が出る。

三日間の投票期間中は、一種のお祭りのようだときわ子は評したが、日が近づくにつれ、花穂にもそれが実感できるようになっていった。

「あんたがどんな企画書をこしらえたか見てあげる。万が一気に入ったら、投票してあげるわ」とは松村の言で、はじめ最悪な関係だった先輩とこんな話ができるようになったことを、花穂はひそかに喜んだ。国枝はもっと無邪気で、「投票初日のお昼休みに、いっしょに企画書を閲覧しませんか？」と誘われた。

それも嬉しくて、花穂は応じた。

以前だったら、派遣と正社員の身分差に引け目を感じて断っていたのに、そのネガティブな気持ちが湧かないのが少し不思議だった。

投票開始日当日。

その日は朝から社内ネットワークで企画書が公開されていたが、花穂はいつも通り仕事をしていた。

午前の仕事は時間厳守であったし、いくらお祭りだからといって就業時間中にコンペ参加企画書を閲覧するのは、花穂の中ではルール違反であったから。

ただ松村の「ふーん、意外と頑張ってる」という声だけ受け止めて、花穂はお昼休みまでしっかり仕事をした。そしてお昼になるなり、お弁当をもって開発課の『実験室1』に直行したのである。

「高山さん、待ってたんだ！」

国枝は相変わらず、大きなヘッドホンと長い前髪で顔半分が見えない状態だった。それでも、ウキウキとした空気が伝わってきて、花穂も思わず頬を緩ませた。

室内も相変わらず散らかってはいたが、以前の絶句するほどの乱れ方ではなくて、花穂はホッとする。もしかすると、多少、彼が気を遣ったのかもしれない。

そんなことを思いながら、花穂はパソコン前で待機中の国枝のもとへと急いだ。

「お待たせしました。――その、これ、よかったらどうぞ」

差し出がましいと思ったが、表参道で奢ってもらったお礼も兼ね、花穂は国枝の分もお弁当を作ってきていた。重箱を開くと、我ながら気合いを入れたお弁当が露わになる。

きわ子が褒めてくれるきんぴら卵焼きに、白菜の塩麹漬け、カレー風味のカボチャそぼろソテーなどなど。

「ああ、ありがとう。高山さんの企画書を見せてもらった後にもらいますね」

しかし文房具オタク国枝の視線は、パソコンに釘付けである。マウスをスクロールして、花穂の企画書を熱心に読みはじめる。

うう、緊張する！　結局、書き直した企画書をお見せしないで提出したしなぁ。

開発課エースにまたダメ出しされたらと思うと恐くて、逃げてしまった。国枝のことだから、企画書が公開されたら朝一でチェックすると思っていたのに、まさか目の前で読まれることになるなんて！

花穂もお弁当を食べる気になれず、審判の時を待つ。国枝はため息をついた。

それが失望のため息だと思って花穂は表情を暗くしたが、国枝は満足そうに笑んだ。

「うん、いい企画書だね！」

花穂は大きく目を見開いた。

「本当ですか⁉」

「うん。作りたいという気持ちが伝わってくるし、この企画書は僕には書けないものだ」

食べることにあまり興味がないからなぁとぼやきながら、国枝はお重のお弁当を見やる。

「綺麗な色合いですね。いただいてもいいですか？」

「も、もちろんです。どうぞ」

国枝の長い指先が、金色の卵焼きをつまむ。花穂がどきどきして見守る中、彼は無造作にそれを口の中にいれて、ゆっくり咀嚼し、首を傾げた。

「あれ？」

「なんですか？　好みの味ではなかったですか？」

慌てて聞いてくる花穂と、お重を交互に見比べ、国枝は指先を舐める。

「なんというか、あったかい感じがします」

「……生ぬるいってことですか？」

「そういうんじゃなくて。ああ、僕はお昼にするので、よかったらどうぞ」

パソコン前の席を譲られて、花穂は戸惑いながら移動する。

国枝の反応が気になってチラチラ見ていると、どうやらお腹が空いていたらしい。お重の中身を美味しそうに食べはじめたので、花穂はほっと胸を撫で下ろした。

――やっぱり私、自分の料理を美味しそうに食べてもらえるのが好きだなぁ。

料理は節約のためにやむにやまれず身に付いたスキルで、貴也に馬鹿にされていたから誇れるものとは思っていなかった。

しかしそれが、きわ子に卵焼きを褒められた瞬間、『自信』という名の小さな芽になっていた。

きわ子のことを思い出し和みながら、花穂は企画書を読んでゆく。

どの参加者の企画書も興味深くて、その人なりの想いが感じられた。しかしその中でも国枝の企画書には、ズバ抜けて惹きつけられるものがあった。

やっぱりこの人、すごい人なんだなぁ。

一体どこからそんな発想が出てくるのだろう。

国枝の企画書が商品化されてその商品を購入したいと思ってから、それは自分の企画書は通らないということだと気づき、少し困ってしまう。

ああ、でも、コンペで商品化されるのは、ひとつとは限らないし。

我ながら図々しいことを考えていた花穂は、ふいに、動きを止めた。

――う、嘘でしょ！

信じられないものを見つけてしまった。たくさんの企画書の中に『宝城きわ子』の名前があったのだ。

「きわ子さん、出ないって言ってたのにっ」

「高山さん、どうかしましたか？」

「えと、知り合いの名前があって……」

国枝が興味を示して、パソコンを覗き込んでくる。

「うわ、知り合いってあの人ですか」

嫌そうに顔を歪める国枝を横目に、花穂はきわ子の企画書を読み進める。読んでいる内に、堪えきれない笑みが広がった。

花穂はいても立ってもいられなかった。スマホをつかんで、きわ子にLINEをする。

『きわ子さんっ、企画書コンペに参加してたんですか!?』

返信のスタンプはすぐ。いつもの微妙なヒツジさんが、笑って手を振っている。しかしすみませんが、なにを言いたいのかわかりません。

『今どこですか？』

『第六平和公園』

花穂はすくっと立ち上がった。

お昼休みはあと半分。急いで公園にいっても、ギリギリで帰ってこられる。

「すみません、急用ができましたので失礼します！」

「……宝城きわ子、やっぱりあの人は敵だ……」

ため息混じりにぼやく国枝にぺこりと一礼し、花穂は実験室1を後にする。すると廊下で、宮内に遭遇した。

「あ、高山さん！　見ましたよ企画書！　他部署の派遣の方が参加されていて驚きました!!」

まさか声をかけられるとは思っておらず、花穂は慌てて足を止める。宮内は頬を紅潮させて、

「さすが……！」

「内容もすごくよかったです。今お話しさせていただ……」

「──い、今、急いでおりまして！」

花穂は宮内の言葉を遮ってから、企画書を褒められたことに気づいた。

「ごめんなさいっ。後日、あらためてうかがわせてください。ありがとう！」

ああ、失礼な対応だ！　でも、でも、今はきわ子さんに会わないと！

本当は走って行きたいが、どうにかこらえ、社会人として可能な限り急いで会社を飛び出る。そこからは公園まで走った。

◇◆◇

「みゃあ！」

聞き覚えのある鳴き声。その声を頼りに、花穂は視線を巡らせる。

「あら……」

冬の澄んだ空の下、彼女はおかしそうな顔で花穂を出迎える。

「走ってきたの？　そんなに急いでこなくてもいいのに」

──まったくこの人は！

優雅にベンチに腰掛けて、きわ子はミケの頭を撫でていた。そのあまりにも余裕な態度に、花穂は頬を膨らませる。

「コンペに出るなんて聞いてません！」

「言わなかったもの」

「教えてくれたっていいじゃないですかッ」

ああ、なんて子供っぽいことを。拗(す)ねた気持ちをつい表に出したら、きわ子はつり目がちの瞳を輝かせた。

「驚かせたかったの。大成功！」

ふふ、と笑って、のびのびと両手両足を伸ばす。自由気ままな猫のように。

「さて、来て早々で悪いけど、会社戻ろっか！」

花穂の肩をぽんと叩(たた)き、きわ子は花穂が来た道へと歩き出す。花穂はジト目できわ子を見つめてから、その横に並んだ。ミケもついてくる。

木枯らしが吹いて、カサカサと枯れ葉が舞い踊っている。足下を見ると、きわ子のワインレッドの靴がお洒落(しゃれ)で、目を奪われた。

「もうすっかり冬ね」

「そうですね」

慌てて外に出たので、花穂はコートを着ていなかった。冷たい風に首をすくめていると、きわ子が自分のマフラーをはずして貸してくれる。

「あ、ありがとうございます」

「いーえ。こちらこそありがとう！」

「？」

首を傾げると、きわ子は天を仰ぐ。

「企画書コンペさ。私、本当に全然、出る気なかったんだー。でも、花穂ちゃん見てたらつい、出たくなっちゃったの。だから、ありがとう」

思いがけないことを言われて、花穂は目をパチパチさせた。

「私を見て、ですか？　きわ子さんが？」

「うんそう。すごく楽しそうに企画書作っているのを見ていたら、羨ましくなっちゃった」

花穂はきわ子からいい影響を受けてきた。それが逆に、自分もきわ子に影響を与えられたのだと知ると、少し嬉しい。嬉しいが、

「あの。でも、いいんですか？　健太くんのことがあるから仕事をセーブしたいって前に」

「まあね〜。もしもコンペを通ったら忙しくなるでしょう。私は母親だから、いくら羨ましくても我慢するつもりだったの。でもそうしたら、健太にそれが伝わっちゃってね。自分はもう子供じゃないから、大丈夫だって言われた。——我が子ながら、あれは大物になる」

きわ子は右手を晴れた空にかざした。

「昔の私は、仕事が楽しくて何でも一人でやろうとしたわ。でも今度は、周りに頼るつもり。大事なものはもう見失わないから、大丈夫よ」

毅然と語るきわ子が、花穂にはまぶしかった。

やっぱりこの人はかっこいい！

すでにスーパー派遣で有能なのに、どこまでも成長していくつもりらしい。このままいったら、カリスマ経営者になるのでは、と夢想したところで、花穂は自分を振り返ってしまった。

……私も、もっと成長したいな。

「花穂ちゃん、はじめに会った頃よりもしっかりしたよね。元々がしっかりしている感じだったけど」

自分の心の声に答えるように言われて、きわ子はエスパーではないのかと疑ってしまう。

しかしその言葉は、花穂にはなによりも嬉しいもので、

「ほ、本当ですか!?」

「うん、あと前よりも自由になった感じがする」

「……社会人が、自由になったらまずいのでは？」

「真面目ね。会社のためではなく、自分のために生きないと後悔するよ？　ミケを見習い

なさいって」

三毛猫が「みゃあ！」と鳴く。花穂は苦笑して、借りたマフラーに首をうずめた。

きわ子さんはかっこよくて、それでいて、あたたかい。

「――あ、そういえば」

そのきわ子は何か思い出したかのように呟（つぶや）いて、スマホをコートから取り出した。

「きわ子さん、どうかしましたか？」

「これ、見た？」

イタズラっぽい目で、きわ子はスマホの画面を見せる。

表示されているのは、酒盛りの日に登録した料理ブログだった。花穂は卵焼きのレシピをあげたっきり、すっかり忘れていたのだが、

「え、それって！　感想!?」

自分の卵焼きレシピに対し、作った人から感想が届いていた。

それも何件も！　画面をスクロールしていくと、驚いたことに、そのどれもが好意的なものだった。

「花穂ちゃん、よかったね」

そう言われて、「はい」と答えようとしたけれど、それは叶（かな）わなかった。気づけばスマホの画面に、ポツポツと水滴が落ちてゆく。

雨かと一瞬思ったが、違う。

「あれ、なんで私泣いて……」

慌てて涙をこらえようとしたけれど、できなかった。

体中が熱くて、自分の中でなにかが溶けていくような、不思議な解放感があった。

「すみま、せん……」

頭の中では早く会社に戻らないと、とか、きわ子さんが困る、とか思っているのに、その解放感にあらがえない。

きわ子は優しい声で言う。

「花穂ちゃんは、きっと、これからもっと『自由』に生きれるよ」

「………っ！」

その言葉がさらに胸に響いて、花穂の涙は溢(あふ)れて止まらなくなるのだった。

◇◆◇

週末、スーパーで一週間分の食材をエコ袋につめていると、求人広告が目に入った。

最近、求人が気になって仕方がない。

『にじ色鉛筆』の派遣契約、更新されるといいなぁ」

今日は十二月二十日。今月末には契約の更新か否かの連絡がくるはずだった。

『企画書コンペの結果、年明けにでるんですよ。結果が楽しみですね』

そう国枝は言っていたが、そのとき、自分はどんな気持ちでそれを聞くのだろう。

——ああ、弱気は無意味。今週も頑張って仕事をしたし、帰ったらご褒美のデザートを作ろう！

派遣は三ヶ月ごとに契約が更新される。それは三ヶ月ごとに、クビになるかどうかの危機を迎えるということだ。

きわ子や国枝、総務部庶務課のメンバーと出会って、花穂は自分が変われたと感じているものの、雇用の不安定さは相変わらずである。

「仕方ない、派遣は放浪の民だから」

しかしあっさりと、どうにもならないことは片付ける。

最近思うのだ。

会社の経営状態の影響を受けやすい派遣は、切られるときは切られる。それは決して派遣が悪いわけではない。だから卑屈にならず、自分が満足する生き方をしたい、と。

花穂はきわ子の企画書を思い出した。

きわ子の企画は『フォト塗り絵』

好きな写真を提出すると、塗り絵にしてくれるというサービスの提案だった。文房具という枠組みを超えた企画書は、一体、どのように評価されるかはわからないが、すごい企画だと思った。

自分の人生を自分で選択し、満足して生きている、きわ子らしい企画。

「やっぱりカッコイイな」

きわ子は失敗しても自分の人生に『落とし前』をつけて、前進してゆく。

怯(ひる)まずに。自由に。

その姿が、花穂には希望として感じられている。

「私は、どんな人生を歩みたいのだろう」

そんなことを考えていると、スマホがＬＩＮＥの通知を表示した。見れば、貴也である。

『今晩、暇だろ？　牡蠣(かき)を持っていってやるよ』

「うう、嫌です」

花穂はしかめっ面でしばらく画面を見つめる。ぎゅっ、と片手を握りしめた。

「自分の人生を楽しく切り拓(ひら)くために、私を否定する存在から処理してみよう」

——今晩は、人生の落とし前をつけにいこうか。

ぎっしりと重たいエコ袋を両手でもって、花穂は笑って歩き出したのだった。

あとがき

はじめまして、本葉かのこと申します。

前作『やおよろず百貨店の祝福』を読んでくださった方は、お久しぶりです。またお目にかかれて、とても嬉しいです。

唐突ですが、『会社の猫』という言葉にどんなイメージを持ちますか？

会社の〝猫〟ではなく、会社の〝犬〟という言葉なら聞いたことがあるかもしれません。会社の犬は、残業や異動、会社のどんな命令も素直に受け入れる、主人に忠実な犬のような気質をもった働き手を指す言葉です。

それを踏まえて、会社の猫というものを考えてみます。

猫の性質は、自由、我が儘、群れない、空気を読まない。――もしも会社にいたら、なんだか大変なことになりそうですね。

今作は、会社の犬になれなかった派遣社員が、末広がりとなる八度目の転職先で、猫のようなスーパー派遣と出会い、落とし前をつける話になります。

『落とし前』

これもまた強いキーワードに感じるかもしれません。

恐（こわ）い話？　と思われるかもしれませんが、流血沙汰はありません。ほのぼの、ドタバタなお仕事もの小説ではないか、と思います。


さて、今作は派遣社員の雇用がテーマになります。

テーマがテーマなので、どこまでエンタメ小説に落とし込めるか悩みました。しかし出来上がってみれば、前作と同様、登場人物は生き生きと動いてくれたなぁと思っています。

――特に、三毛猫のミケランジェロくん。

〝彼〟は企画書段階では影も形も存在しませんでした。それなのに、花穂（かほ）がはじめて総務部庶務課に向かう辺りで、当然の顔で出てきたのです。

ときおり、こういうことがあります。

書いていて面白みを追加したいな、と思ったとき、予定外のキャラクターが生まれ、場を盛り上げていただくということが。

しかし予定外なので、本筋には関わらせずご退場いただいているのですが、今回はそうはいきませんでした。

私が、猫の魅力に勝てなかったのです。

隙あらばミケを登場させ、好き勝手させていました。その結果ストーリーは修正を余儀なくされ、テーマにも食い込み、ついには「猫を表紙に」と担当さまにご相談させていただきました。

今回イラストを担当していただいた、くじょう様のミケをご覧いただけたでしょうか？　本当に可愛く、猫らしく描いていただきました。表紙のメインは主人公の花穂ですが、くじょう様の描かれた素敵なミケを、是非、今一度ご覧ください。

最後になりますが、今作も担当さまにはお世話になりました。

ふわふわと固まらない物語を、企画書段階から最後まで、形にすべくおつきあいいただき感謝しております。

イラストを描いてくださった、くじょう様。素敵な表紙をありがとうございます。

また、今作を出版すべく支えてくださった、たくさんの方々、応援してくださった方々、そして、この物語を最後まで読んでくださった読者さま、ありがとうございます。心より御礼申し上げます。

では、また皆さまにお会いできることを切に願っております。

二〇二二年　八月

本葉　かのこ

この作品はフィクションです。実在の人物・
団体等とは一切関係ありません。

富士見L文庫

ハケンの落とし前！ 文具会社の猫と消えた食券

本葉かのこ

2022年10月15日　初版発行

発行者　青柳昌行
発　行　株式会社 KADOKAWA
〒102-8177　東京都千代田区富士見2-13-3
電話　0570-002-301（ナビダイヤル）

印刷所　株式会社暁印刷
製本所　本間製本株式会社
装丁者　西村弘美

定価はカバーに表示してあります。　◇◇◇

●お問い合わせ
https://www.kadokawa.co.jp/（「お問い合わせ」へお進みください）
※内容によっては、お答えできない場合があります。
※サポートは日本国内のみとさせていただきます。
※Japanese text only

ISBN 978-4-04-074710-1 C0193

青薔薇アンティークの小公女

著／道草家守　イラスト／沙月

少女は絶望のふちで銀の貴公子に救われ、聡明さと美しさを取り戻す。

身寄りを亡くし全てを奪われた少女ローザ。手を差し伸べてくれたのが銀の貴公子アルヴィンだった。彼らは妖精とアンティークにまつわる謎から真実を見出して……。この出会いが孤独を抱えた二人の魂を救う福音だった。